VERLETZE MICH
EIN BAD BOY MILLIARDÄR LIEBESROMAN - ZITTERN BUCH ZWEI

JESSICA F.

Veröffentlicht in Deutschland

Von: Jessica F.

©Copyright 2020

ISBN: 978-1-64808-108-8

ALLE RECHTE VORBEHALTEN. Kein Teil dieser Publikation darf ohne der ausdrücklichen schriftlichen, datierten und unterzeichneten Genehmigung des Autors in irgendeiner Form, elektronisch oder mechanisch, einschließlich Fotokopien, Aufzeichnungen oder durch Informationsspeicherungen oder Wiederherstellungssysteme reproduziert oder übertragen werden.

MELDE DICH AN, UM KOSTENLOSE BÜCHER ZU ERHALTEN

Möchtest Du gern Eifersucht und andere Liebesromane kostenlos lesen?
Tragen Sie sich für den Jessica F. Newsletter ein und erhalten Sie ein KOSTENLOSES Buch exklusiv für Abonnenten indem Du diesen Link in deinem Browser eingibst:

https://www.steamyromance.info/kostenlose-bücher-und-hörbücher

Eifersucht: Ein Milliardär Bad Boy Liebesroman

Neue Liebe entsteht, aber auch eine Eifersucht, die sie zu zerstören droht.
Ich habe meine winzige Heimatstadt und ihre Einschränkungen hinter mir gelassen. Dann erschien ein bekanntes Gesicht in der Bar, in der ich arbeite, und brachte mich wieder dorthin zurück, wo ich angefangen hatte …

https://www.steamyromance.info/kostenlose-bücher-und-hörbücher

Du erhältst ebenso KOSTENLOSE Romanzen-Hörbücher,
wenn Du Dich anmeldest

KLAPPENTEXT

Sam und Isa haben sich nach dem Feuer, das Isas erste Ausstellung ruiniert hat, entschlossen, gegen denjenigen zu kämpfen, der die junge Künstlerin ins Visier nimmt, aber sie müssen feststellen, dass sich immer wieder Menschen aus ihrer Vergangenheit in ihr Leben einmischen. Sam hält die Identität seiner Ex-Frau Casey vor Isa geheim. Isa hingegen ist besorgt, dass ihr Ex-Freund Karl Rache dafür nehmen möchte, wie sie ihre Beziehung beendet hat. Was als Nächstes passiert, hat niemand erwartet und es verändert die Beziehung des Paares für immer. Isa entdeckt, dass es einen Grund für Sams übermäßigen Beschützerinstinkt gibt, und während eines sinnlichen und erotischen Kurzurlaubs auf seiner privaten Insel lassen sie die schrecklichen Ereignisse der letzten Wochen hinter sich.
Aber die Bedrohung ist nie weit weg und bei ihrer Rückkehr nach Seattle müssen sie sich mit einer neuen Gefahr auseinandersetzen, die sie für immer zerstören könnte ...

VERLETZE MICH

Der Traum hatte Sam fest in seinen Fängen. Sie waren in ihrer Wohnung auf ihrer Couch. Isas Kopf lag auf seiner Brust und seine Finger waren in ihren Haaren vergraben. Sie redete lächelnd und liebevoll mit ihm. Aber es klang völlig falsch, so als würde eine Platte rückwärts abgespielt werden.

Dann wurde Isa von einer unbekannten Kraft aus seinen Armen gerissen. Ihr Kopf flog zurück und sie schrie herzzerreißend und erfüllt von einem unvorstellbaren Schmerz. Ihre Arme streckten sich nach ihm aus, aber er konnte sie nicht erreichen. Was auch immer sie gepackt hatte, zog sie unaufhaltsam in eine wirbelnde Lichtmasse. Sie verschwand. Sam sprang von der Couch auf und fand sich an einem Strand wieder. Der Wind wehte und sang sein trauriges Lied.

Das Meer war ein Chaos aus Wut und Zerstörung und die Wellen waren fast so groß wie Sam. Über dem Lärm hörte er ein Flüstern.

„Sam."

Ihre Stimme. Er drehte sich um. Isa stand auf einem Felsvorsprung, der ins Wasser ragte. Sie blickte auf den Ozean und ein langes weißes Gewand ließ sie gespenstisch und unwirklich aussehen. Ihr langes Haar wirkte dunkler und umgab ihren Kopf wie eine Wolke. Schwarze Ranken schlängelten sich über ihre Taille. Sie war wunderschön.

Sam rannte auf sie zu und schrie ihren Namen. Aber je schneller er rannte, desto weiter entfernte sie sich.

Sie hob eine Hand, um ihn aufzuhalten. Plötzlich sah er einen Fluss aus Blut. Sam blinzelte und er war wieder weg. Sie drehte sich langsam zu ihm um. Ihre Augen waren ganz schwarz. Ihr Mund bewegte sich und sagte stumme Worte. Er ging auf sie zu und wieder hörte er das Flüstern.

„Du kannst mich nicht retten, Sam."

„Nein, nein! Isa!" Er sah entsetzt zu, wie eine Gestalt hinter ihr auftauchte, den Arm um ihren Nacken legte und ein Messer über den Kopf hob. Dann stieß sie die Klinge in Isa hinein.

Sam schrie ihren Namen. Ihr Gesicht verzog sich vor Schmerz und wieder erklang dieses schreckliche, qualvolle Geräusch. In der Mitte des weißen Kleides erschien ein Fleck und wurde immer größer.

Blut. Die Gestalt stach erneut zu.

„Nein!" Sam rannte los, aber es war, als würde er in einem Sumpf feststecken. Das Blut sprudelte in einem Strom aus ihr heraus und färbte den Ozean rot. Weitere Bilder tauchten vor ihm auf. Engel. Steinerne Engel. Bäume. Ein verfallenes Krankenhaus. Sam spürte, dass etwas hinter ihm war, aber er wollte seine Augen nicht von ihr abwenden.

Verzweifelt sah er zu, wie Isas Körper von Krämpfen geschüttelt wurde. Sie konnte das Blut nicht stoppen und verlor mehr davon, als ein menschlicher Körper haben konnte. Irgendwo in seinem Unterbewusstsein bemerkte Sam diese Tatsache – er wusste, dass es nur ein Traum war, aber er konnte dem erdrückenden Kummer nicht entkommen, als er beobachtete, wie die Liebe seines Lebens so wild und gnadenlos abgeschlachtet wurde.

Er hörte hinter sich ein Lachen. Isa krümmte sich und umklammerte ihren verletzten Bauch und als sie aufstand, waren ihre Augen normal – sie war wieder seine Isa. Sein Herz brach, als er den Schrecken auf ihrem Gesicht sah. Sie blickte ihn ein letztes Mal an, dann schloss sie die Augen und ihr Körper sank zusammen. Bevor sie auf die Felsen prallte, wurde sie von einer großen scharlachroten Welle in die wirbelnde Masse gezogen.

„Nein!" Sam war plötzlich dort, wo sie gestanden hatte, und sah zu, wie das Wasser ihren gebrochenen Körper in einem grotesken Tanz herumwirbelte. Sam kniete nieder und wollte sie ergreifen, aber jedes Mal, wenn er es versuchte, glitten seine Finger durch sie hindurch, als wäre sie ebenfalls aus Wasser.

Aus den Augenwinkeln sah er, wie sich etwas zu seiner Linken bewegte. Er blickte auf und entdeckte die Gestalt eines Mannes, der bis zur Taille im Wasser war und auf ihn zu watete. Sam hatte das verzweifelte Bedürfnis, sie selbst im Tod vor diesem Mann zu retten. Er griff nach Isas Körper, nur um zurückzucken. Sie war weg und durch ein Gesicht ersetzt worden, das unmenschlich wirkte und ihn spöttisch anlächelte.

„Sie wird niemals in Sicherheit sein."

Sam schaffte es mit Mühe ins Badezimmer, bevor er sich übergab. Er spülte seinen Mund aus, griff nach seinem Handy und buchte den nächsten Flug zurück nach Seattle.

Seb entschied sich gegen einen weiteren Drink und ging stattdessen nach draußen, um frische Luft zu schnappen. *Der Club ist heute Nacht irgendwie leblos*, dachte er, merkte dann aber, dass es wahrscheinlich nur seine Stimmung war. Seit dem Angriff auf die Galerie war er nervös und fühlte sich älter, als er wirklich war, weil er die Morddrohung vor seiner Mutter geheim halten musste. Vor dem Club bot sich ihm der Blick auf das Mitternachtswasser der Elliott Bay und er starrte mürrisch auf die Fähren, die in den Hafen fuhren. Sie sahen so friedlich aus, dass er fast neidisch war.

„Hey."

Er drehte sich um und lächelte. Seine Freundin Louisa war ihm aus dem Club gefolgt. Louisa war groß und schlank und ein Rock Chick mit ihren kurzen, stacheligen platinblonden Haaren und dunkel umrahmten, großen braunen Augen. Sie grinste ihn an und Seb spürte die Lust, die er immer in ihrer Nähe empfand. Sie hatten im ersten und zweiten Jahr am College harmlos geflirtet, aber jetzt kamen sie sich näher und Seb hoffte, dass sie mehr als nur Freunde sein könnten.

Louisa stupste seine Schulter an und reichte ihm eine kalte Flasche Bier. „Zum Abschied, Süßer."

Er dankte ihr und ließ die kühle Flüssigkeit seine Kehle hinunterrinnen. „Wie fühlst du dich?"

„Betrunken, pleite und geil", sagte sie ernst und Seb warf den Kopf zurück und lachte. Louisa war immer so direkt.

„Nun, ich kann dir mit einer Sache helfen." Er zog die Augenbrauen hoch und wartete darauf, dass sie ihre Augen verdrehte und seine Worte als Scherz auffasste, wie sie es sonst immer tat, aber heute Nacht grinste sie ihn nur an.

„Wird auch Zeit, dass du das tust", sagte sie leise und Seb erstickte fast an seinem Bier. Er starrte sie einen langen Moment an und sie erwiderte seinen Blick.

„Ist das dein Ernst?", brachte er schließlich heraus und sie lachte.

„Mehr denn je. Komm schon, Seb, wir wissen beide, wohin das führt, oder?"

Seb richtete sich auf und nahm ihre Wange in seine Hand. „Ich wusste es nicht, ich habe es nur gehofft."

„Nun", sagte sie und strich mit ihren Lippen über seine. „Erlaubnis erteilt."

Seb küsste sie innig, genoss ihren süßen Geschmack und atmete den berauschenden Duft ihres Parfüms ein. „Ich würde dich zu mir einladen, aber es ist ziemlich voll dort", sagte er bedauernd.

„Meine Mitbewohnerin ist dieses Wochenende in Portland", sagte sie. „Jetzt hör auf zu reden und lass uns gehen."

Seb grinste und nahm ihre Hand. „Ich folge dir überallhin."

Isa öffnete schläfrig ihre Augen, als Sam sich neben sie ins Bett legte. Er konnte sehen, dass sie nicht wirklich wach war, aber sie lächelte trotzdem, als sie ihn entdeckte.

„Bist du wirklich hier?" Ihre Stimme war kaum ein Flüstern und er lächelte und presste seine Lippen auf ihre.

„Ja, wirklich. Ich liebe dich. Ich habe dich vermisst." Sam zog sie in seine Arme und ein paar Sekunden später konnte er an ihrer ruhigen Atmung erkennen, dass sie wieder schlief. Er konnte den Traum nicht abschütteln, diesen schrecklichen Traum. Die Vision, dass Isa ihr Leben ... entrissen ... worden war, hatte ihn zutiefst erschüttert. Er hob ihr Gesicht an seins und sah zu, wie der Schlaf allen Stress wegwischte. Wenn er nur auch solchen Frieden finden könnte.

Blut. So viel Blut.

Er fühlte sich krank und schluckte die Übelkeit, die in seiner Kehle aufstieg, herunter. Es war nicht nur ein Traum – seit einiger Zeit hatte er das schreckliche, eindringliche Gefühl, dass etwas passieren würde, das er nicht kontrollieren konnte, und dass sie ihm plötzlich und ohne Vorwarnung weggenommen werden würde.

Seine Arme schlossen sich enger um sie und erst, als er fast eingeschlafen war, bemerkte er, was ihn beunruhigte, seit er nach Hause gekommen war.

Die Tür zu der Wohnung war aufgeschlossen worden.

Isa berührte verständnislos das getrocknete Blut an ihrer Seite. Was zum Teufel war das? Sie war aufgewacht und überglücklich gewesen, dass ihr Traum wahr geworden war und Sam neben ihr im Bett lag, aber dann hatte sie eine Welle überwältigender Übelkeit gespürt und war ins Badezimmer gerannt, um sich zu übergeben. Wurde sie krank? Ihr Magen krampfte sich zusammen und als sie aufstand, um ihren

Mund auszuspülen, sah sie sich in dem antiken Spiegel, den sie an die Wand gelehnt hatte. Eine dunkelrote Linie aus getrocknetem Blut schlängelte sich von ihrem Nabel zu ihrem Rücken. Sie runzelte die Stirn. Hatte sie sich gekratzt? Was auch immer das verursacht hatte, sie hatte auf den Rücken gelegen.

„Verrückt", murmelte sie und kreischte dann, als Sam hinter sie trat und seine Hände um ihre Taille legte. Er grinste und küsste sie auf die Wange. Sie lächelte und starrte mit ihm ihr Spiegelbild an.

„Sieh nur, wie schön du bist", sagte er leise. Sie errötete vor Freude.

„Du bist auch nicht übel." Sie drehte sich in seinen Armen um, damit sie ihn küssen und sein dunkles Haar streicheln konnte. Der Kuss dauerte länger als erwartet und sie war atemlos, als sie sich trennten.

„Glaubst du, wir werden jemals müde werden, das zu tun?" Sie lächelte, als seine Hand zwischen ihren Beinen hinunter glitt. „Oder das ..." Ihre Hand bewegte sich, um seinen bereits erigierten Schwanz zu berühren, doch dann hielt er plötzlich inne. Sie war verwirrt, bis er die Blutspur auf ihrem Bauch nachzog.

„Was ist das?"

„Ich muss mich gekratzt haben. Es ist nichts.'

Er nahm ihre Hände in seine. „Deine Nägel sind kurz."

Plötzlich wollte sie wirklich nicht mehr hören, was er dachte. Sie wandte sich ab, griff nach ihrem Schwamm, machte ihn nass und wischte das Blut weg. „Siehst du? Alles weg, hier gibt es nichts zu sehen."

Sam runzelte immer noch die Stirn, aber sie fuhr mit ihren Fingern über sein Gesicht, um die Falte zwischen seinen Augen zu glätten. „Sam, es ist nichts." Sie presste ihre Lippen fest auf seine und fühlte die Anspannung in seinem Körper. Sie seufzte. „Wir sollten daraus keine große Sache machen. Außerdem habe ich eine viel bessere Idee." Sie grinste ihn an und begann, seinen Schwanz zu streicheln. Sie fühlte, wie er zitterte und sich unter ihren Händen versteifte. Sams Körper entspannte sich und er lächelte.

„Du hast recht." Er sah zum Spiegel und grinste. „Ich habe eine Idee."

Er schob seinen diamantharten Schwanz langsam in sie hinein. Ihr Bein lag über seiner Schulter und sie beobachteten einander im Spiegel, als sein Schaft sich tief in ihr Geschlecht vergrub. Er bewegte sich langsam hinein und hinaus. Der Anblick, wie sein Schaft immer wieder in sie eintauchte, war unglaublich erregend und Sam sah, dass sie unter seiner Berührung willenlos war, besonders als er anfing, ihre Klitoris zwischen seinem Zeigefinger und seinem Daumen zu massieren. Er lächelte auf sie herab und genoss seine Kontrolle über sie.

„Sag, dass du mir gehörst", flüsterte er und erhöhte den Druck auf ihre Klitoris. Sie stöhnte.

„Ich gehöre dir, Sam. Ich gehöre dir. Für immer." Sie war atemlos und jeder Zentimeter ihrer Haut vibrierte vor unerträglichem Verlangen. Er schob seine freie Hand auf ihren inneren Oberschenkel und seine Finger bohrten sich fest hinein. Sie keuchte bei dem kurzen Schmerz, lächelte dann aber.

„Sag mir, dass ich dich hart ficken soll."

„Fick mich hart, Sam, bitte …"

„Du willst also, dass ich grob bin?"

„Ja, ja …"

„Wie grob?"

Die Zeit schien stillzustehen, als ihre Blicke sich trafen und Vertrauen und Verständnis zwischen ihnen pulsierten. Dann sprach sie leise und sandte einen unwirklichen Schauder durch ihn.

„Tu mir weh."

Sam packte ihre Hände mit einer Hand, während er mit der anderen ihr anderes Bein über seine Schulter zog. Er rammte sich, so fest er konnte, in sie und ihre schmerzvollen Lustschreie spornten ihn an. Sie kam schnell und als er den heißen Ansturm ihres Orgasmus spürte, drehte er sie grinsend auf den Bauch und zog ihre Hände hinter sie. Sie lachte begeistert und aufgeregt und sein Herz schwoll an, als sie ihm so vollkommen vertraute. Er legte seinen Mund an ihr Ohr.

„Schatz, du kennst das Safeword. Benutze es und ich höre auf."

Sie stöhnte. „Nimm mich jetzt …", befahl sie und er drang grinsend von hinten in sie ein. Er jubelte innerlich, als er sie keuchen, schreien und seinen Namen rufen hörte. Es war eine Symphonie ihres Vergnügens.

Er stieß fest zu und sah ihr dabei nicht ins Gesicht. Sie hatte versucht, ihn zu küssen, aber er hatte sein Gesicht scharf von ihr abgewandt.

„Dafür bezahle ich dich nicht."

Die Blondine war so dünn, dass sie fast ausgemergelt wirkte. Das hatte er gewollt, jemanden, der das Gegenteil von … ihr war. Er sah auf das harte Gesicht der Hure und lächelte humorlos. Als er sie in seinem Mietwagen mitgenommen hatte, wusste er, dass sie das war, wonach er gesucht hatte. Kalt, hart, desillusioniert.

Er hatte sie mechanisch ausgezogen und gewartet, während sie daran arbeitete, ihn hart zu machen. Er hatte ihr nicht erlaubt, sich hinzulegen. Stattdessen nahm er sie an der Wand. Sie war zusammengezuckt, als er sich in sie hinein gestoßen hatte, aber er ignorierte es. Sie war eine Hure und hatte schon Schlimmeres erlebt. Wie auf Autopilot fickte er sie, klinisch und kalt.

Sie sah ihn an. Ihr Verstand war von dem, was sie taten, abgekoppelt. *Er sieht gar nicht so übel aus … wenn auch so, als würde er seine Konserven alphabetisch sortieren*, dachte sie bei sich. Der Gedanke ließ sie kichern und er sah sie irritiert an. Sie dachte an das Geld, das er ihr gegeben hatte, genug, dass sie einen Monat lang nicht anschaffen musste, und hielt den Mund. Es war ein gutes Geschäft. Bisher hatte er nur normale Dinge gewollt … verdammt, wenn er Fetische ausleben wollte, konnte sie angesichts der Summe, die er ihr bezahlte, nur schwer Nein sagen.

Er stöhnte, als er kam, vergrub sein Gesicht in ihrem Nacken und sagte immer wieder den Namen einer Frau. Sie schwieg, legte aber die Arme um ihn. Sie hielt ihn einige Momente lang fest, dann zog er sich zurück und trat von ihr weg. Sein Gesicht war kalt.

„Leg dich hin." Sie tat, was er verlangte. Er streckte die Hand aus, zog einen Rucksack zu sich und nahm ein Seil heraus. Sie setzte sich alarmiert auf, aber er hob seine Hand.

„Keine Sorge, ich werde dich nicht verletzen und ich werde dich nur sehr locker fesseln. Du wirst dich immer noch relativ frei bewegen können."

Sie legte sich zurück, aber sie beobachtete ihn immer noch unbehaglich. Er zog ein Messer aus der Tasche.

„Hey, komm schon", jammerte sie ängstlich und setzte sich wieder auf. Er lächelte sie an. Seine Stimme war verführerisch, als er sprach.

„Ich verspreche, dass ich dich nichtersteche. Ich will das Messer nur festhalten, während ich dich ficke. Bitte. Zu keinem Zeitpunkt wird es dich schneiden oder verletzen. Ich verdopple deine Bezahlung."

Jetzt zitterte sie. Sie hatte schon oft seltsame Freier gehabt, aber dieser Mann war erschreckend. Sie berechnete die Entfernung zwischen sich und dem Ende der Gasse. Wenn er sie töten wollte, würde er keine Probleme haben, sie zu packen, bevor sie auch nur die Hälfte des Weges zurückgelegt hatte. Sie konnte schreien, aber wie oft hatte sie schon in schmutzigen Gassen geschrien – und wie oft hatte jemand reagiert?

Sie musste mitmachen und hoffte, dass er meinte, was er sagte. Sie nickte schwach. Er hielt sein Wort und band ihre Hände locker zusammen. Sie hätte das Seil leicht auseinanderziehen können, also war er zumindest in diesem Teil ehrlich gewesen. Diesmal war er zärtlich und streichelte ihren Körper. Sie beobachtete jede seiner Bewegungen und ihr ganzer Körper spannte sich an, als er das Messer aufhob. Sie zitterte, als er die flache Kante auf ihre Haut legte, und dann noch einmal, als er mit der Spitze eine Linie über die Mitte ihres Körpers zog. Er fing an, sich hart in sie zu rammen, während das Messer an ihrem Bauch war, und grunzte bei jedem Stoß. Wieder sagte er den Namen. Immer und immer wieder.

Isa. Isa. Isa.

Als er kam, ließ er sich auf sie fallen und rang um Atem. Niedergedrückt von seinem Gewicht flüsterte sie in sein Ohr.

„Wirst du sie töten?"

Einmal, zweimal atmete er schwer und hielt sein Gesicht in ihrem Nacken verborgen. Dann hob er den Kopf und lächelte böse.

„Natürlich werde ich sie töten. Ich werde sie langsam und qualvoll töten. Ich werde ihr immer wieder mein Messer in den Bauch rammen, bis sie tot ist."

Das Mädchen schnappte nach Luft, als er seine Hände um ihren Hals legte und ihr die Kehle zudrückte. Als sie würgend erstickte, sah sie die mitleidlose Seele des Monsters und war dankbar, dass sie nicht diese andere Frau war, die er ohne Gnade abschlachten würde.

Dankbar, dass es für sie so schnell vorbei war …

Isa stieß langsam die Tür des Restaurants auf und war bereit, sich umzudrehen und diese ganze Sache abzublasen. Casey Hamilton saß jedoch in der Nähe der Tür und winkte ihr bereits zu. Jetzt konnte sie nicht mehr fliehen. Isa setzte ein Lächeln auf und schüttelte der Frau die Hand. Ein Kellner zog mit bewunderndem Blick einen Stuhl für sie heraus.

„Ich bin so froh, dass du es geschafft hast." Caseys Lächeln war freundlich. „Ich hätte nicht gedacht, dass du anrufen würdest. Nicht, dass ich es dir zum Vorwurf gemacht hätte."

Isa erkannte passiv-aggressives Verhalten, wenn es direkt vor ihr war, aber sie nickte. „Das ist okay." Sie fühlte sich nervös. Warum hatte sie dem Treffen zugestimmt? Die Frauen sahen sich ein paar Minuten lang die Speisekarte an. Casey bestellte einen Salat und Isa ein Club-Sandwich.

„Du hast so viel Glück." Casey hob dramatisch eine Hand. „Ich kann keine Kohlenhydrate anrühren."

Oh Himmel, so würde das also sein. Isa nippte an ihrem Eiswasser und sagte nichts. Casey faltete ihre Hände auf dem Tisch und beugte sich vor. Ihre eisblauen Augen konzentrierten sich auf Isa. „Erzähle mir von deinen Plänen. Wirst du woanders ausstellen? Was ist mit der Galerie?"

Der Kellner brachte Wein und Isa nahm einen dankbaren Schluck, bevor sie antwortete. „Wir bauen gerade um. Wir haben das alte Sacred Heart Krankenhaus gekauft – kennst du es?"

Casey nickte und Isa fuhr fort. „Es wird ein riesiges Projekt, es komplett zu renovieren, aber wir haben uns einfach darin verliebt."

„Wer ist *wir*?"

Isa nahm einen weiteren Schluck. „Meine Adoptivmutter, Zoe. Es war ihre Galerie, die zerstört wurde. Seb, Zoes Sohn und mein Bruder. Und mein Partner." Plötzlich wollte sie dieser Frau Sams Namen nicht sagen. Sie war immer noch nicht davon überzeugt, dass sie sich nicht kannten. Andererseits …

„Mein Partner ist Sam Levy."

Caseys Gesicht war höflich und ausdruckslos. „Der Kunsthändler?" Isa nickte.

„Kennst du ihn?"

Casey lächelte, aber Isa bemerkte die spannungsgeladene Pause. Verdammt. „Ich glaube, ich habe ihn früher schon getroffen."

Isa hasste diesen Ausdruck – was zum Teufel bedeutete *früher*? Wann genau? Ihre Schultern hoben sich irritiert und plötzlich wollte sie die Frau weiter in die Enge treiben. „An jenem Tag in der Galerie schien es so, als würdet ihr euch kennen."

Casey grinste und Isa wollte in ihr selbstgefälliges Gesicht schlagen. Dieses Treffen war ein großer Fehler gewesen. Sie mochte diese Frau wirklich nicht und ihr Bauchgefühl hatte sie nicht getäuscht. Sie musste es einfach hinter sich bringen. Isa seufzte und beschloss, auf den Punkt zu kommen.

„Miss Hamilton…"

„Casey."

„Casey… es war nett von dir, zu mir zu kommen, aber ich weiß wirklich nicht, was wir füreinander tun können. Ich bin nur eine Amateurin. Ich liebe Kunst, aber meine Arbeit am College ist meine Karriere. Die Ausstellung war nur…"

„Sams Idee? Ein Geschenk für seine Geliebte?"

Autsch. Isa zuckte mit den Schultern und sah auf die Uhr. Oh Gott, waren wirklich nur zehn Minuten vergangen? „Also, was willst du?"

Casey grinste erneut. „Ich wollte die Künstlerin hinter den Bildern sehen. Ich glaube nicht, dass Sam nur ein großzügiger Freund war. Sein Auge für Talente ist in der ganzen Kunstszene bekannt."

Also kannte sie ihn oder zumindest seinen Ruf. Isa entschied, dass sie es nicht mochte, wenn Casey ihn Sam nannte. *Mr. Levy für dich, Schlampe.* Sie war schockiert über sich selbst. Sonst war sie nie so eifersüchtig. Sie seufzte und rieb sich die Augen. Sie war in letzter Zeit so müde und mürrisch.

„Geht es dir gut?" Casey beobachtete sie mit belustigten Augen. Isa wurde gerettet, als das Essen serviert wurde, und aß dankbar ihr Sandwich. Casey knabberte zaghaft an dem Salat und warf Isa, die trotzig kaute, amüsierte Blicke zu.

„Hast du in letzter Zeit an neuen Werken gearbeitet?", fragte Isa.

Es würde nicht schaden, Interesse zu zeigen. Oh Gott, das Sandwich war gut. Isa wurde klar, dass sie Caseys Antwort kaum zuhörte.

„Nicht bevor ich deine Arbeit gesehen habe. Du hast mich wirklich inspiriert, Isabel. Schade, dass es gebrannt hat. Hast du viel verloren?"

Isa schluckte, bevor sie antwortete. „Ein paar Bilder."

„Was für eine Schande." Aber Caseys Augen verrieten ihre Belustigung und ihre Zufriedenheit. Isa starrte mit festem Blick zurück.

„Ich frage noch einmal, Casey, was willst du?" Isa hatte genug. Sie hatte bessere Dinge mit ihrer Zeit zu tun, als sich um diese selbstgefällige Schlampe …

„Weißt du was? Nichts. Ich wollte nur sehen, was er in dir gesehen hat."

Ein eisiger Schock erfasste ihr Herz. „Was?"

Casey lächelte. „Ich meine als Kunsthändler. Ich wollte wissen, warum du die Levy-Sonderbehandlung verdient hast."

Lügnerin. Isas Temperament kochte hoch und sie legte die Reste ihres Sandwichs beiseite und griff nach ihrer Handtasche. Sie holte etwas Geld heraus und warf es auf den Tisch. „Ich muss gehen. Danke für das Mittagessen, Casey. Viel Glück."

Casey grinste, aber als Isa nach der Tür griff, rief sie ihr etwas nach und Isa wirbelte mit klopfendem Herzen herum.

„Was hast du gesagt?"

Casey lächelte und es war keine Wärme in ihren kalten, toten Augen. „Ich sagte, pass auf dich auf, Isabel."

„Tut mir leid, dass Sie warten mussten, Mr. Levy." Detective John Halsey lächelte ihn an, als sie sich die Hand gaben. Er führte Sam in sein Büro und bot ihm Kaffee an, den Sam höflich ablehnte.

„Detective Halsey, entschuldigen Sie, dass ich direkt zum Thema komme, aber gab es irgendwelche Fortschritte?"

„Wir haben mit Karl Dudek gesprochen. Er bestreitet natürlich jegliche Kenntnis von den Drohungen und ich glaube ihm. Er schien wirklich betroffen darüber zu sein, wie seine Beziehung zu Miss Flynn endete."

Sam sagte nichts und biss frustriert die Zähne zusammen.

Halsey runzelte die Stirn. „Erhalten Sie immer noch diese Nachrichten?"

Sam seufzte. „Nein. Es ist nur ... etwas Seltsames ist passiert." Er wollte von dem seltsamen Schnitt auf Isas Körper erzählen, aber sogar in seinen Ohren klang es lächerlich. Er beschloss, es anders zu versuchen. „Ich glaube, er war im Haus. Nachts. Ich war in New York und als ich zurückkam, war die Tür zu Isas Wohnung aufgeschlossen. Sie hatte einen Schnitt am Bauch ... nur einen winzigen, aber ..." Er verstummte, als er Halseys hochgezogene Augenbrauen sah. „Ich weiß, es klingt paranoid, aber ..." Sam spürte plötzlich, wie sein ganzer Körper zusammensackte und er ließ seinen Kopf in seine Hände sinken.

Es herrschte kurz Stille. „Mr. Levy. Ich verstehe, dass es für Sie – und speziell für Ihre Familie – schwierig sein muss, aber ich kann Ihnen versichern, dass wir alles tun, was wir können. Wer auch immer diese Nachrichten verschickt hat, hat Prepaid-Handys verwendet, daher sind unsere Möglichkeiten bei den Ermittlungen begrenzt. Aber Stalking ist im Bundesstaat Washington ein Verbrechen. Sobald wir mehr wissen..."

Sam starrte den Detective an. „Was meinen Sie mit *speziell für meine Familie?*"

John Halsey lächelte ihn freundlich an. „Mr. Levy ... Sam, wenn wir ein Verbrechen untersuchen, schauen wir uns die Vergangenheit aller Beteiligten an. Ich kenne das Grauen, das Sie miterleben mussten. Das Grauen, von dem Sie fürchten, dass es sich bei Ihrer bezaubernden Isabel wiederholt."

Er stand auf und ging um den Schreibtisch herum, um dem jüngeren Mann eine Hand auf die Schulter zu legen.

„Ich weiß es, Sam. Ich weiß, was vor dreißig Jahren passiert ist."

Cal saß auf der Treppe zu ihrer Wohnung, als Isa zurück auf die Insel kam. Sie lächelte, als sich beim Anblick seines fröhlichen Gesichts ihr ganzer Körper entspannte. Er sprang wie ein aufgeregter Welpe die Holzstufen hinunter und umarmte sie.

„Hey, kleine Schwester."

Sie kicherte, als sie die Umarmung erwiderte. „Was machst du hier? Und warum bist du draußen? Ist Zoe nicht da? Oder Seb?"

Sie gingen nach oben zu ihrer Wohnung und sie holte für sie beide Limonade aus dem Kühlschrank. Sie reichte ihm eine Dose und erkannte, wie glücklich sie war, ihn zu sehen, und wie sehr er für sie zu einem Bruder geworden war.

Cal nahm einen langen Schluck Limonade, rülpste laut und grinste entschuldigend. „Tut mir leid. Um deine Fragen zu beantworten ... Seb und ich sind heute Morgen Skateboard gefahren. Zoe hat uns etwas zu Mittag gekocht und dann haben sie mich beide wie ein armes Waisenkind hier zurückgelassen. Seb ist endlich mit Louisa zusammengekommen, soweit ich mitbekommen habe."

Isa sah überrascht aus. „Ist er das? Das wurde auch Zeit, aber warum hat er es mir nicht selbst gesagt?"

„Keine Ahnung. Also dachte ich, ich könnte genauso gut auf dich warten."

Sie grinste und spritzte etwas Limonade auf ihn „Also bin ich die Notlösung? Charmant."

Er stieß seine Getränkedose gegen ihre. „Niemals. Es ist schön, Zeit mit dir allein zu verbringen. Weißt du, wir haben noch nie zusammen rumgehangen, nur wir beide."

Sie dachte zurück. Die letzten Monate waren so aufregend gewesen und so viel in ihrem Leben hatte sich geändert. „Wirklich? Das ist schade." Sie grinste. „Sam hat nächste Woche ein Meeting in San Francisco und kommt erst sehr spät nach Hause. Komm hierher und wir schauen zusammen Netflix und essen den ganzen Abend lang Junk-Food."

Cal grinste. „Du suchst nur eine Ausrede, um dich mit Pizza vollzustopfen, nicht wahr?"

Sie brach in Gelächter aus. „Verdammt, du kennst mich zu gut, Caleb. Also, einverstanden?"

„Einverstanden."

„Anderes Bein"

Isa hob ihr rechtes Bein aus dem Seifenwasser und legte ihren Fuß auf den Rand der Wanne. Sie schlang ihr anderes Bein um Sams Taille. Seine Hände verteilten den Schaum auf ihrem Unterschenkel und strichen über ihre Wade. Er liebte diese ruhigen Momente mit ihr, diese kleinen Intimitäten.

Als er aus der Stadt zurückkam, war er müde von dem Gespräch mit Detective Halsey. Sie hatte einen köstlichen Eintopf gekocht, den sie vor dem Fernseher gegessen hatten, während kühle Biere auf dem Couchtisch vor ihnen standen. Es war eine so einfache, normale Art gewesen, den Abend zu verbringen, dass der Stress seines Tages verflog.

Jetzt, als sie zusammen badeten und sein Kopf nachdenklich gebeugt war, spürte er, wie ihre weichen Lippen die feuchte Haut hinter seinem Ohr küssten.

„Du hilfst mir nicht, mich zu konzentrieren", sagte er lachend. Er spülte den Rasierer im Wasser aus und strich damit sanft über ihre Haut. Isa genoss entspannt seine Berührung und fuhr mit ihren Fingern langsam und rhythmisch durch die Haare auf seinem Hinterkopf.

„Also, wohin willst du in den Urlaub fahren? Ich bin hier fertig." Er nahm ihr Bein und schlang es mit dem anderen um seine Taille. Sie beugte sich vor und küsste seine Wange.

„Danke, Baby. Du hast mich davor bewahrt, ein haariges Monster zu werden."

Er grinste sie an. „Bitte. Bekomme ich dafür eine Belohnung?"

Sie kicherte und drückte ihre Brüste gegen seinen Rücken.

„Danke. Hey, ich meine es ernst. Lass uns Urlaub machen."

„Okay, einverstanden" Sie malte mit dem Badeschaum Muster auf seinen Rücken. „Wo können wir hingehen? Indien. Neuseeland. Oh, Japan. Oder die Malediven – in eine dieser kleinen Hütten, die direkt am Ozean sind. Es gibt so viele Orte, die ich gern sehen würde."

Sie griff nach der Shampoo-Flasche, gab etwas davon auf ihre Handfläche und begann, es auf seinen Kopf zu reiben. Ihre Finger massierten seine Kopfhaut und er seufzte glücklich.

„Wir bereisen die Welt, meine schöne Isa."

Sie spülte seine Haare aus und zog ihn zurück, damit er sich an sie lehnen konnte. Ihre Arme kreuzten sich über seiner Brust und sie schmiegte sich an sein Ohr.

„Ich liebe dich, Samuel Levy. Ich würde überall mit dir hingehen und das weißt du auch." Sie seifte seine Brust ein und arbeitete sich seinen Bauch hinunter. Er lächelte träge. Er wusste, was sie wollte. Er spürte, wie sie kicherte, als sie seine Gedanken las, die Seife fallen ließ und begann, seinen Schwanz zu streicheln.

„Siehst du das?", murmelte sie in sein Ohr, als beide beobachteten, wie sein Schaft riesig wurde und sich unter ihrer Berührung aufrichtete. „Das gehört mir." Sie fuhr mit dem Finger über die Spitze und er stöhnte.

„Es gehört in dich", sagte er und drehte sie beide geschickt – aber mit viel Spritzwasser – um, sodass sie auf ihm war. Sie kicherte und schaute über den Rand der Wanne auf das Wasser, das auf den Boden geströmt war.

„Überall ist Wasser." Aber dann war sie an der Reihe zu stöhnen, als seine Finger die weichen Lippen ihres Geschlechts teilten und sie erforschten. Sam küsste sie, als sie seine Länge in sich aufnahm. Ihre Muskeln spannten sich an und massierten ihn, während sie sich bewegte. Seine Hände umschlossen ihre Taille und berührten die seidige Haut dort – er liebte es, dass sie nicht abgemagert war und ihre Kurven weich waren. Ihre vollen, schweren Brüste bewegten sich rhythmisch mit ihr und die harten Brustwarzen berührten seinen Oberkörper. Er fing ihren Mund mit seinem ein und der Kuss machte ihn vor Verlangen fast verrückt, während seine Hände ihre Hüften umklammerten, um sich tiefer in sie hinein zu stoßen. Ihre Haare fielen über ihre Schultern, ihr Gesicht war rosarot und als sie ihren Kopf zurückwarf, fanden seine Lippen ihre Kehle. Ihre Hände waren auf seinem Gesicht und zogen seine Lippen zu ihren, als sich ihr Tempo beschleunigte. Er fühlte, wie ihr Körper erschlaffte, als sie kam, und als er in ihr explodierte, zog er sie stöhnend an sich. Himmel, er wünschte, diese tiefe, liebevolle Verbindung würde niemals enden. Er schlang seine Arme um sie und seine Hände streichelten ihre Haut. Er spürte ihren schweren Atem in seinem Nacken, als sie sich beruhigten.

Das Wasser in der Wanne war kalt, als sie herausstiegen, lachten und sich gegenseitig mit Handtüchern abtrockneten. Sam zog seine Jogginghose an und sah zu, wie sie das alte T-Shirt und die Shorts anzog, die sie trug, wenn sie sich in der Wohnung entspannte. Das ausgewaschene rosa T-Shirt hatte Risse am Saum und ein Loch im Ärmel, aber er fand sie am schönsten, wenn sie es trug. Ihr weiches Gesicht war sauber geschrubbt und ihr dunkles Haar war im Nacken zu einem Knoten zusammengebunden – *nun*, dachte er, *sie ist schön, wenn sie angezogen ist, aber nichts kann sich mit ihrer Schönheit messen, wenn sie nackt ist*. Sie bemerkte, dass er sie beobachtete, und grinste.

„Was denkst du?"

„Ich denke, dass ich der glücklichste Bastard der Welt bin."

Sie errötete bei dem Kompliment und stellte sich vor ihn, als er sich auf die Bettkante setzte. Grinsend steckte er seinen Kopf unter ihr T-Shirt und küsste ihren Bauch. Sie kicherte.

„Idiot." Sie zog ihr T-Shirt hoch, um ihn zu befreien. „Himmel, ich habe schon wieder Hunger." Sie marschierte in die Küche und er folgte ihr und zog sich ebenfalls ein T-Shirt an. Sie spähte in den Kühlschrank und rümpfte die Nase. „Ich weiß nicht, was in letzter Zeit mit meinem Appetit los ist. Ich bestelle Pizza."

. . .

Um Mitternacht schaltete Isa den Fernseher aus. Sam schlief in ihren Armen, sein Kopf ruhte an ihren Brüsten und seine Arme waren um ihre Taille geschlungen. Sie strich sanft über sein dunkles Haar und zuckte zusammen, als ein Magenkrampf sie überwältigte.

„Himmel", hauchte sie und versuchte, den Schmerz zu verdrängen, ohne Sam zu wecken. Ein weiterer Krampf kam und sie spürte eine Welle von Übelkeit. Sie rutschte so vorsichtig wie möglich aus Sams Armen, aber er öffnete seine Augen und blinzelte.

„Was ist?"

Sie streichelte sein Gesicht. „Ssshh, schlaf weiter. Ich muss nur pinkeln."

Im Badezimmer krümmte sie sich, als die Krämpfe schlimmer wurden. Sie runzelte die Stirn. Es konnte nicht ihre Periode sein, die sie dank ihrer Spirale ohnehin nicht bekam. Sie setzte sich auf den Wannenrand und nach einer Weile ließen die Krämpfe nach. Ihre Muskeln entspannten sich und sie seufzte erleichtert. Sie ging in die Küche und trank ein Glas Wasser. Ihr Handy lag auf der Arbeitsplatte und blinkte. Eine SMS. Sie griff danach. Die Nachricht war vor weniger als einer Minute gesendet worden.

Du siehst in diesem rosa T-Shirt wunderschön aus. Ich will, dass du es trägst, wenn ich dich töte.

Sie keuchte und ließ das Handy fallen. Ihr panischer Blick schoss zum Fenster. Draußen bewegte sich ein dunkler Schatten.

„Sam!" Sie konnte nichts gegen ihre nackte Panik tun, als sie seinen Namen schrie. Er war sofort da.

„Da draußen ist jemand. Er hat mich beobachtet."

Sam war schon an der Tür. „Schließe hinter mir ab", befahl er, als er verschwand. Sie tat es und ihr Herz schlug wild. Sie ging zum Fenster, aber alles, was sie sehen konnte, war die schwarze Nacht. Die Stille war ohrenbetäubend und sie erschrak, als ihr Handy erneut piepste.

Er sollte dich nicht allein lassen. Jeder könnte dich beobachten. Und ein Messer haben.

Plötzlich war sie unheimlich wütend. Sie wählte die Nummer, von der die SMS kam, und zu ihrer Überraschung ging jemand ran.

„Fick dich, du Scheißkerl." Ihre Stimme zitterte vor Zorn.

„Ich will, dass du mich fickst, Isabel. Oder vielmehr will ich dich ficken, während ich dich ersteche."

Er lachte und der Klang seiner Stimme nahm ihr den Atem. Er sprach in einem heiseren Flüsterton und sie konnte nicht herausfinden, ob die Stimme echt oder falsch war. Sie erkannte sie nicht. „Hat dir meine kleine Visitenkarte gefallen? Hast du dich gefragt, woher du den mysteriösen Schnitt an deinem Bauch hast? Du hättest deine Tür abschließen sollen, hübsches Mädchen."

Sie sank zu Boden. „Warum tust du das?"

„Weil ich dich töten will, liebe Isabel, um dein kostbares Blut auf meinen Händen zu spüren. Habe ich das nicht klargestellt? Es wird beim nächsten Mal kein Kratzer sein. Mein Messer wird immer und immer wieder in dich stoßen. Genieße die Zeit, die du noch hast." Er legte auf.

Sam klopfte an die Tür und sie schrie entsetzt auf und wirbelte panisch herum.

„Schatz, ich bin es, lass mich rein."

Sie riss die Tür auf und fiel schluchzend in seine Arme.

„Er war hier …", brachte sie heraus und Sams Gesicht war voller Entsetzen. „In jener Nacht, als du aus New York nach Hause gekommen bist … er war es, er hat mich verletzt, oh Gott … oh Gott …"

Sam ließ seine Hand sanft über die Haut ihres nackten Rückens gleiten. Ihr Gesicht zeigte auch im Schlaf die Anzeichen des Stresses der letzten Woche. Die Anrufe und SMS von ihrem potenziellen Mörder waren immer bizarrer geworden, bis sie schließlich, trotz der Warnungen der Polizei, ihr Handy an die Wand geworfen und es zerschmettert hatte.

Isa weigerte sich trotz der Gefahr, ihre Wohnung zu verlassen. „Dieser Scheißkerl wird mich nicht aus meinem eigenen Zuhause vertreiben", tobte sie, nachdem Sam ihr vorgeschlagen hatte, in seine Stadtwohnung zu ziehen. Aber sie war seitdem nicht mehr allein gewesen und Sam hatte dafür gesorgt, dass all ihre Schlösser, Fenster und Türen gesichert waren. Sie hatte keine Einwände gehabt. Der Gedanke, dass ihr Stalker ihr nahe genug gekommen war, um sie zu verletzen … Himmel. Es war einfach schrecklich.

Sam seufzte. Er hatte vorgeschlagen, sein Meeting in San Francisco abzusagen, aber Isa hatte sich geweigert.

„Cal wird hier bei mir sein", sagte sie und fügte grinsend hinzu, „und deine Robocops werden draußen sein."

Er hatte Sicherheitspersonal eingestellt – natürlich. Der

einzige Nachteil war, dass sie Zoe von den Morddrohungen erzählen mussten. Ihre Reaktion war so, wie Isa erwartet hatte: völlige Hysterie. Sam, Isa, Seb und Cal hatten sie nur mit Mühe beruhigen können.

Isa rührte sich, öffnete ihre Augen und lächelte ihn schläfrig an. „Hey, du." Sam küsste sie, als sie sich auf den Rücken drehte, um ihn anzusehen. Sie warf einen Blick auf die Uhr und verzog das Gesicht.

„Verdammt." Er musste in einer Stunde am Flughafen sein und Cal und Seb wollten vorbeikommen, um sie abzuholen. Die Drei planten, zu dem alten Krankenhaus zu fahren und mit den Renovierungsarbeiten zu beginnen.

Sam lächelte und fuhr mit seiner großen Hand über ihren ganzen Körper. „Wir haben noch ein bisschen Zeit." Er lachte, als sie ihn sofort auf seinen Rücken drückte und sich auf ihn setzte.

„Dann fick mich besser schnell", sagte sie grinsend und er lachte, während seine Hände ihre Taille umspannten.

„Ich denke, du fickst mich dieses Mal."

„Darauf kannst du deinen süßen Arsch verwetten."

Er schob eine Hand zwischen ihre Beine und seine Finger streichelten ihr feuchtes Zentrum, damit sie ihn einführen konnte. Als ihr weiches, nasses Inneres auf seinen Schwanz glitt, stöhnte er und ihr atemloses Seufzen wurde immer lauter, je härter sie ihn ritt.

„Himmel ... Isa ..."

Sie spannte ihre Muskeln um seinen Schwanz an, machte sich noch enger und bewegte ihre Hüften gegen seine, um so viel wie möglich von ihm in sich aufzunehmen. Er liebte, wie gierig und bereitwillig sie war, sich ihm ganz hinzugeben. Sie hatten eine unausgesprochene Verbindung und jetzt, als er sie auf ihren Rücken drehte und sich härter und tiefer in sie rammte, küsste er sie so grob, dass er Blut schmecken konnte.

„Oh Gott, Sam … lass mich niemals los …", schrie sie, als sie kam und ihr Körper zitterte. Sogar in ihrem Delirium spannte sie ihre Beine um seine Taille an und trieb ihn zu seinem eigenen explosiven Höhepunkt. Als er sich auf sie fallen ließ, küsste er sie.

„Niemals. Das verspreche ich dir. Ich werde dich niemals loslassen."

Einige Stunden später spürte Isa immer noch das leichte Zittern ihrer Beine, als sie mit ihrem Bruder und Cal die neue Galerie erkundete. Jetzt war sie sich jedoch nicht sicher, ob es die Nachwirkungen ihres umwerfenden Orgasmus waren oder ob die Magenkrämpfe mit aller Macht zurückgekehrt waren. Sie hatten bereits an einem 7-Eleven anhalten müssen, um Pepto Bismol zu kaufen. Die Krämpfe hatten schwere Übelkeit und grauenhafte Kopfschmerzen mit sich gebracht.

Sie versuchte, eine Fassade aufrechtzuerhalten, weil sie wusste, dass die Jungs begierig darauf waren, die Renovierung zu planen, aber nach einer Stunde fühlte sie sich so müde und krank, dass sie es nicht mehr verstecken konnte.

„Es tut mir leid. Ich bin ein echter Spaßverderber." Cal und Seb hatten darauf bestanden, sie nach Hause zu bringen, und jetzt, als ihr Auto auf die Fähre rollte, drehte Seb sich um und sah seine Schwester mit besorgten Augen an.

„Ich kann den Abend mit Louisa absagen, wenn du willst." Er hatte wochenlang von dem Mädchen geschwärmt, bevor er es schließlich auf ein Date eingeladen hatte. Isa lächelte und schüttelte den Kopf.

„Auf keinen Fall. Mir geht es bald wieder gut. Es ist nur ein Virus oder so. Cal wird bei mir sein."

„Ich werde den Kühlschrank plündern und ihr Bier trinken", stimmte Cal grinsend zu.

Sobald sie jedoch nach Hause kamen, schaffte sie es kaum ins Badezimmer, bevor sie sich übergeben musste.

„Vielleicht sollte ich einen Arzt rufen." Cals übliche Belustigung war verschwunden und sein Gesicht war besorgt. Isa nahm einen weiteren Schluck Pepto, zuckte bei dem Geschmack zusammen und schüttelte den Kopf. „Nein, es ist in Ordnung, es geht vorbei."

Sie rollte sich auf dem Sofa zusammen und tätschelte den Stuhl neben sich. Cal setzte sich, sah aber nicht überzeugt aus. „Wirklich, Isa, du bist ganz grün im Gesicht. Du könntest als der Grinch durchgehen."

Sie grinste und trat nach ihm. Das war keine gute Idee. Ihr Bauch verkrampfte sich und sie setzte sich auf und wiegte sich hin und her, um die Schmerzen zu lindern. Cal rieb ihren Rücken. „Vielleicht solltest du dich ins Bett legen und schlafen."

Widerwillig nickte sie, lächelte ihn aber schwach an. „Ich fühle mich schlecht, weil ich unsere Chill-out-Session ruiniert habe."

Cal grinste. „Jetzt bist du mir etwas schuldig. Mach dir deswegen keine Sorgen. Du hast den Rest deines Lebens, um es wiedergutzumachen."

Isa schwang ihre Beine über die Bettkante und versuchte aufzustehen. Ihre Beine gaben nach und sie brach zusammen. Die Schmerzen in ihrem Bauch waren schlimmer als jemals zuvor in ihrem Leben und die Qual raubte ihr den Atem.

„Oh Gott", flüsterte sie. Sie kroch zurück auf das Bett. Schmerz erfüllte ihren Kopf und es fühlte sich an wie der schlimmste Kater, den sie jemals gehabt hatte. Ihre Glieder waren wie Gelee und der brennende Schmerz in ihrem Bauch wurde mit jedem Atemzug schlimmer. Was zur Hölle war mit ihr los?

Sie rollte sich aus dem Bett und kroch ins Badezimmer. Das Zimmer schwankte und sie klammerte sich an die Toilette und übergab sich. Sie hörte Cal an die Tür klopfen und stöhnte.

„Isa? Isa, geht es dir gut?"

Er klopfte an die Tür. Sie ließ ihn herein.

„Hey." Er strich ihr die Haare aus dem Gesicht. Sie saß auf dem Rand der Badewanne und ihr war schwindelig. Sie spürte, wie sich ihr Magen zusammenzog und beugte sich wieder über die Toilette. Er hielt ihr die Haare aus dem Gesicht und rieb ihren Rücken. Sie war zu krank, um sich zu schämen, und rutschte auf den Boden.

„Vielleicht sollte ich dir einen Arzt besorgen." Cal legte seinen Arm um sie. Sie nickte.

„Ich denke, du hast recht. Ich bin froh, dass du hier bist, Cal."

Er lächelte und küsste sie auf die Stirn. „Ich auch, Kleine."

Einen Moment lang tat sie so, als wäre er Sam – als könnte sie sich einfach an ihn lehnen und er würde sie vor allem beschützen, was schmerzte, so wie Sam es immer tat. Seine Arme schlossen sich enger um sie, als er spürte, wie sie sich entspannte.

„Vielleicht solltest du wieder ins Bett gehen?"

Sie schüttelte den Kopf. „Nein. Ich möchte nicht wieder ins Bett gehen. Ich muss duschen, wenn der Arzt kommt."

„Geht es dir gut?"

Sie nickte. Er sah nicht überzeugt aus.

„Ich mache mir Sorgen, dass du hinfällst. Hör zu, mach die Badezimmertür zu, aber ich werde hier draußen sitzen. Wenn du mich brauchst, schreist du einfach. Sei nicht schüchtern. Wir sind jetzt eine Familie."

Er stellte sie auf die Füße und sie stützte sich auf das Waschbecken.

„Okay." Sie hatte nicht die Absicht, ihn zu rufen, aber ein kleiner Teil von ihr war dankbar dafür, zu wissen, dass er da war. Er lächelte, verließ das Badezimmer und schloss die Tür hinter sich.

Der Raum drehte sich vor ihren Augen und sie setzte sich wieder und holte tief Luft. Die dunklen Flecken in ihren Augenwinkeln ließen nach. Vielleicht war sie krank. Aber das fühlte sich anders an als alles, was sie je erlebt hatte. Der Schmerz, die Müdigkeit, die Übelkeit. Es war überwältigend.

Sie griff hinter sich und drehte die Dusche auf. Dann zog sie sich aus und stellte sich unter das Wasser. Es half. Sie wusch sich die Haare, schrubbte ihren Körper und versuchte, nicht an die brodelnden, brennenden Schmerzen in ihrem Bauch zu denken. Sie drehte das heiße Wasser ab und setzte ihren Körper der stechenden Kälte aus, um sich abzulenken. Sie konnte fühlen, wie sie wieder benommen wurde und der schwarze Dunst in ihre Augen zurückkehrte. Sie versuchte, noch etwas Luft in ihre Lunge zu bekommen, aber ihre Brust fühlte sich so eng an. Zu eng. „Hilf mir", flüsterte sie, aber dann spürte sie, wie sie ausrutschte, hinfiel und die Kontrolle verlor. Ihr Kopf knallte gegen das Porzellanbecken und ein heller weißer Blitz aus Schmerz schlug ein. Dann herrschte nur noch Dunkelheit.

Sam warf den Zimmerschlüssel auf den Schreibtisch und sah auf die Uhr. Es war nach Mitternacht, aber er wusste, dass Isa auf seinen Anruf warten würde. Er stellte sie sich vor, wie sie mit Cal über etwas im Fernsehen lachte, während sie Pizza, Pommes und Limonade verschlangen. Oder sie zeichnete, ihre Finger waren mit Pastellstaub bedeckt und sie hatte Flecken auf den Wangen, während sie arbeitete.

Sam lächelte und schaltete sein Handy ein. Sein Herz blieb stehen, als er die Anzahl der Anrufe und Nachrichten von Cal sah. Er klickte auf eine davon.

Ruf mich an. Es ist dringend.

Das Telefon in seinem Hotelzimmer klingelte laut und er nahm ab.

„Entschuldigen Sie die späte Störung, Sir, aber wir haben Ihren Bruder in der Leitung. Er sagt, es sei ein Notfall."

Oh Gott ...

„Stellen Sie mich durch. Cal? Was zum Teufel ..."

„Isa hatte einen Unfall", unterbrach ihn Cal. „Sie fühlte sich krank und hatte Bauchschmerzen. Sie war unter der Dusche und ich wollte den Arzt anrufen. Sie fiel hin und schlug sich den Kopf an ..."

Sam hatte das Gefühl, ein Vorschlaghammer hätte ihn getroffen.

„Cal ... was zum ... wo ist sie? Ist sie ...?"

Sein Bruder schluchzte jetzt. „Wir sind im UW Medical Center. Isa ist auf der Intensivstation. Sie hat schwere Kopfverletzungen. Oh Gott, Sam, es tut mir so leid. Du hast sie in meiner Obhut gelassen und ich ..." Er konnte nicht weitersprechen.

Sam konnte eine Sekunde lang nicht atmen. „Cal ... es ist okay, beruhige dich. Erzähle mir, was die Ärzte gesagt haben." Er warf seine Sachen in seine Reisetasche, während er mit wachsendem Entsetzen dem zuhörte, was sein Bruder sagte. *Bitte, Isa, nein ...*

„Sie sagen ... Sam ... ich weiß es nicht. Sie ist noch nicht aufgewacht. Sie können sie nicht wecken."

So viele Treppen.

In diesem Moment kam es Sam so vor, als hätten sie ihn hergerufen, um ihn zu quälen – als bräuchte er weitere Qualen. „Sie können den Aufzug nicht benutzen, er ist außer Betrieb", hatte jemand hinter der Krankenhausrezeption gekreischt und Sam war ausgestiegen und eilte nun drei Stufen auf einmal die Treppe hinauf.

Isa. Oh Gott, Isa.

Schließlich erreichte er die Intensivstation. Er sah, wie Cal mit einer Krankenschwester sprach, und rief seinen Namen. Cal drehte sich um und ging schnell zu ihm. Sein Gesicht war hart und angespannt.

„Sam."

„Wo ist sie?"

„Sie haben sie für einen Scan mitgenommen."

„Ist sie wach? Redet sie?"

Cal schüttelte den Kopf.

„Verdammt." Diesmal gaben Sams Beine unter ihm nach und Cal packte ihn und drückte ihn auf einen Stuhl. Sam nahm seinen Kopf kurz in die Hände und sah dann auf.

„Erzähle mir alles."

Cal setzte sich neben ihn. Seine Schultern sanken und Sam konnte die große Anspannung in seinem Gesicht sehen.

„Sie war krank, wirklich krank. Wir waren im Sacred Heart Krankenhaus und sie versuchte, es zu verbergen, aber Seb und ich konnten sehen, dass sie Schmerzen hatte. Ihr Magen verkrampfte sich immer wieder, so schlimm, dass sie sich zusammenkrümmte." Er seufzte. „Ich habe sie in ihre Wohnung gebracht und sie hat sich ins Bett gelegt. Ich blieb auf der Couch. Gegen drei Uhr morgens wurde ihr wieder schlecht. Ich überredete sie, einen Arzt zu rufen, und wollte genau das tun, während sie duschte. Sie muss ohnmächtig geworden sein, weil ich einen Aufprall hörte." Sam sah zu, wie das Gesicht seines Bruders erblasste, als er sich an den Unfall erinnerte. „Ich bin reingegangen, als sie nicht geantwortet hat, und habe sie gefunden. Sie hatte sich am Waschbecken den Kopf angeschlagen und blutete ziemlich stark. Ich konnte sie nicht wecken. Also habe ich Zoe geholt und wir haben den Notarzt gerufen."

Sam sah sich um. „Wo ist Zoe?"

„Sie spricht mit dem Arzt."

Sie sahen beide auf, als Zoe um die Ecke bog und auf sie zukam. Sams Herz begann zu pochen und sein Blut gefror, als er den Ausdruck auf ihrem Gesicht sah.

„Zoe …"

Zoe umarmte ihn fest. „Es ist okay, Sam, sie wird wieder gesund." Sie setzte sich zu ihm. „Ich muss mit dir reden." Sie warf einen bedeutungsvollen Blick zu Cal, der nickte und verschwand. Zoe nahm Sams Hand.

„Sam … Isa ist auf dem Weg der Besserung. Sie haben ein CT gemacht und es gibt keine Gehirnblutungen. Der Arzt denkt, dass sie nur eine schwere Gehirnerschütterung hat."

Sam spürte Erleichterung in sich aufsteigen, aber er merkte, dass Zoe noch nicht fertig war und Mühe hatte, ihm alles zu sagen.

„Was auch immer es ist, Zoe, sag es mir einfach. Ich kann es nicht ertragen, es nicht zu wissen."

Zoe holte tief Luft und sah ihn mit besorgten Augen an. „Sam … sie haben herausgefunden, was Isa so krank gemacht hat. Es ist eine Eileiterschwangerschaft, Sam. Isa ist schwanger."

Sam zuckte zurück, fuhr sich mit der Hand durch die Haare und versuchte verzweifelt, seine Gefühle unter Kontrolle zu halten. „Wusste sie davon?"

Zoe schüttelte den Kopf. „Nein. Sie haben sie in den Operationssaal gebracht. Es tut mir leid, aber ..."

„Ich weiß, Zoe, du musst es nicht sagen. Der Fötus wird es nicht schaffen."

Zoe zuckte bei seiner Wortwahl zusammen, aber für Sam war es notwendig, seine Gefühle abzublocken, damit er nicht schrie. Sein Baby. Ihr Baby. Er ließ seinen Kopf für eine Sekunde in seine Hände fallen.

„Wie hat sie es aufgenommen? Isa. Ich meine, wie hat sie reagiert, als sie es ihr erzählt haben?"

Zoe versuchte zu lächeln. „Fast so wie du. Geschockt. Traurig." Sie legte ihre Arme um seine Schultern. „Sie sagen uns Bescheid, wenn sie aus dem OP kommt."

LANGSAM, ZU LANGSAM, BEGANN DAS LICHT UNTER IHRE Augenlider zu dringen. Sie konnte sie seit gestern über sie sprechen hören. Über Behandlungen und Verletzungen und darüber, dass „ihr Gehirn sich selbst heilen" musste. Unbekannte Stimmen. Und eine Stimme, die sie kannte.

Sam. Er klang aufgebracht und sie wollte ihn festhalten und ihm sagen, dass alles in Ordnung war.

Aber sie konnte ihre Augen nicht öffnen. Wo war sie? Sie hatte das Gefühl, sich doppelt so sehr anstrengen zu müssen, um irgendetwas zu verstehen.

Sie wusste nur, dass sie verletzt war. Heute Morgen hatte sie endlich wieder ihre Finger bewegen können. Ihre Haut fühlte sich merkwürdig an, zu trocken und zu glatt. Sie rieb ihre Finger aneinander. Die Stimmen hatten das gemocht und sie gelobt und jemand hatte geweint. Sie spürte, wie sich die Finger eines anderen Menschen mit ihren verschränkten. Sie kannte diese Haut.

Sam. Sie fühlte seine Tränen und seinen Kuss an ihrer Wange.

Das Licht wurde heller – mit viel Mühe öffnete sie die Augen und blinzelte. Eine Sekunde lang beobachtete sie, wie sich Staubpartikel über ihre Tränen legten, und konzentrierte sich darauf, an ihnen vorbei zur Decke zu sehen.

Sie seufzte.

Ein Stuhl kratzte über den Boden. „Schatz?"

Seine Stimme ließ Wärme durch ihren gefrorenen Körper strömen und entspannte ihre Glieder. „Sam?"

Er beugte sich vor und endlich konnte sie sein schönes Gesicht sehen. Tiefe Linien waren auf seiner Stirn und sie erkannte dunkle Schatten unter seinen Augen. Sie legte seine Wange in ihre Handfläche.

„Hey, du."

Seine Lippen an ihren waren anfangs sanft, aber als Tränen über ihr Gesicht liefen, wurden sie rauer, fast verzweifelt, und versuchten, die Traurigkeit zu beseitigen. Aber die pochende Trauer in ihr konnte nicht unterdrückt werden und als sie anfing zu schluchzen, nahm Sam sie in seine Arme und hielt sie fest, während sie um ihr verlorenes Kind weinte.

„Wie lange war ich bewusstlos?"

Eine der Krankenschwestern hatte ihnen Kaffee und Sandwiches gebracht. Isa kaute ohne Appetit auf ihrem Essen herum. Ihr ganzer Körper war vor Müdigkeit und Traurigkeit gelähmt. Sam hatte auch keinen Hunger und schließlich schob er den Tisch vom Bett weg und hielt sie fest. Sie legte ihren Kopf an seine Brust und schlang ihren Arm um seine Taille.

„Nur einen Tag."

Nach den ersten Tränen war Isa nun größtenteils verstummt und in sich gekehrt. Sam streichelte ihre Haare. Seine eigenen Gefühle waren so sehr in Aufruhr, dass er einfach alles andere abblocken und sie festhalten wollte.

Er fühlte, wie sich ihr Körper entspannte und sie gleichmäßig atmete, und wusste, dass sie eingeschlafen war. Es klopfte leise an der Tür und Cal steckte den Kopf ins Zimmer. Sam glitt vorsichtig vom Bett. Isa rührte sich nicht einmal.

„Wie geht es ihr?"

Sam zuckte mit den Schultern. „Schwer zu sagen. Sie ist zu müde, um alles aufzunehmen, denke ich."

Cal musterte seinen älteren Halbbruder. „Und was ist mit dir?"

Sam versuchte zu lächeln. „Cal, ich habe keine Ahnung, es war alles viel zu ... verdammt noch mal, vor ein paar Monaten war ich Single und habe nur gearbeitet und jetzt habe ich die Liebe meines Lebens getroffen, die irgendein Arschloch ermorden will, und wir trauern um den Verlust eines Kindes, von dem keiner von uns wusste, dass wir es wollten."

Cal dachte nach. „Nun ... ich würde sagen, ihr wart sehr

beschäftigt." Er riskierte ein Lächeln, das Sam reumütig erwiderte.

„Ja. Lass uns anständigen Kaffee suchen. Isa wird stundenlang schlafen. Sie ist völlig erschöpft."

Nachts war es im Krankenhaus unheimlich still. Sie war vor einiger Zeit aufgewacht, blieb aber still und hörte den fremden Geräuschen zu. Das Piepsen von Maschinen, gedämpftes Flüstern des Nachtpersonals, gelegentliches Stöhnen aus den anderen Räumen auf dem Stockwerk. Sam saß schlafend auf einem Stuhl und sah erschöpft und gequält aus. Ein nagendes Schuldgefühl breitete sich in ihrem Bauch aus. Sie hasste es, ihn so betrübt zu sehen. *Wie dumm ich war*, dachte sie. Wie zum Teufel hatte sie nicht ahnen können, dass sie schwanger war? Es erklärte die Stimmungsschwankungen, den starken Appetit und die Übelkeit. Sie hatte eine Spirale, deshalb hätte sie nie gedacht, dass sie schwanger sein könnte. *Hör auf.* Sie wollte nicht mehr darüber nachdenken und diesen Schmerz fühlen.

Sie setzte sich auf und schwang die Beine über die Bettkante. Dann streckte sie sich und genoss das Gefühl, sich wieder zu bewegen. Sam schlief tief und fest und sein Kopf lehnte an der Wand. Sie sah sich nach einer Decke um, deckte ihn zu und küsste seine Stirn.

In der gynäkologischen Abteilung waren keine Krankenschwestern zu sehen. Isa spähte in jedes Zimmer. Am anderen Ende des Korridors brannte ein Licht. Sie ging darauf zu und trat in den Raum … und alles wurde kalt. Das Licht war blau und eiskalt. Das Bett hatte einen Vorhang, aber sie schaute hinein und sah ihn. Sein Gesicht war verdeckt von etwas, das sie nicht erkennen konnte. Plötzlich war ihre Sicht verschwommen, aber sie wusste ohne Zweifel, dass er gekommen war, um sie zu töten. Er hob das Messer und das blaue Licht schimmerte auf der Klinge.

„Zeit zu sterben, kleines Mädchen."

Isa wich zurück, drehte sich um und rannte los. Sie konnte seine Schritte hinter sich hören, die sie verfolgten und jagten. In ihrer Panik bog sie in dem Labyrinth aus Gängen, die sie nicht kannte, falsch ab. Sie rutschte über die polierten Böden und riss an jeder Tür, als sie verzweifelt nach einem Versteck suchte. Sie schrie fast vor Erleichterung, als sich die letzte Tür öffnete, und stürzte in einen Raum mit chirurgischer Ausrüstung. Sie kauerte sich hinter einen Wäschekorb und atmete zitternd aus. Wenn er sie hier allein und ungeschützt erwischte, würde er sie töten. Sie streckte die Hand aus und nahm ein Skalpell aus dem Regal. Dann hörte sie, wie er ihren Namen rief.

„Isa? Es ist in Ordnung. Ich bin es. Hab keine Angst, Isa. Ich liebe dich."

Und als ob sie sich nicht unter Kontrolle hätte, stand sie auf. Es war die Liebe in seiner Stimme, die sie dazu brachte, auf ihn zuzugehen und sich sanft von ihm küssen zu lassen, bevor er sein Messer wieder in sie stieß … immer wieder …

Sie schrie, dann waren Hände auf ihr. Nacktes Entsetzen. Sie geriet in Panik und kämpfte mit dem Angreifer. Sie schrie zusammenhanglos und verzweifelt und wand sich bei dem Versuch davonzukommen.

„Isa, Baby, ich bin es. Es ist okay, du hast geträumt, es ist okay."

Etwas drang zu ihr durch. Sie kannte diese Stimme. Sie hörte auf zu kämpfen. Seine Arme waren um sie gelegt. Sie wollten sie nicht erstechen und töten, sondern beruhigen und beschützen. Liebe.

„Sam?" Ihre Stimme war ein raues Flüstern.

„Baby, ich bin es. Ich habe dich, es ist in Ordnung, du bist in Sicherheit."

Isa stopfte ihren Schlafanzug in ihre Tasche und warf einen hoffnungsvollen Blick auf die Tür. Sam saß entspannt da und grinste sie an.

„Du denkst wohl, du kannst dich von diesem Ort wegwünschen. Er könnte Nein sagen."

Sie streckte ihm die Zunge heraus. „Sei still." Sie war bereits angezogen und trug wie immer T-Shirt, Jeans und Turnschuhe. Trotz ihrer Schnittwunden und Blutergüsse sah sie wieder wie seine Isa aus. Sie lächelte ihn an.

„Du musst das so sehen …" Sie ging zu ihm und setzte sich rittlings auf ihn. „Je schneller der Arzt sagt, dass ich geheilt bin, desto schneller komme ich hier raus …" Sie beugte sich vor und küsste ihn. „Und desto schneller bin ich wieder für dich da."

Sein Lachen war schmutzig und sie floh aus seinen Armen. „Verführerin." Sie grinste und ging ins Badezimmer, um sich ihren Kulturbeutel zu schnappen. Als sie zurückkam, sah sie, dass sich sein Gesicht verändert hatte. Er starrte aus dem Fenster.

„Sam?" Er sah sie an und lächelte, aber sie konnte etwas in seinen Augen sehen. „Was ist?"

Er streckte die Arme aus und sie setzte sich auf seinen Schoß. „Was?"

Er seufzte. „Schatz, ich kann mir nicht vorstellen, was in deinem Kopf vorgeht, seit … Aber es gibt keine Eile. Ich sage wahrscheinlich die falschen Dinge, aber ich kann warten, bis du bereit bist. Solange es auch dauert. Und das soll nicht heißen, dass ich dich nicht will. Das tue ich …" Er grinste. „Wirklich. Aber du und ich … es war schon immer mehr als nur Sex. Wir müssen darüber reden, was zwischen uns passiert. Es ist Zeit für dieses Gespräch."

Sie presste ihren Mund hart und sehnsüchtig gegen seinen und er spürte ihre Tränen auf seinen Wangen.

„Ich kann es dir nicht einmal sagen …" Sie verstummte und er verstärkte seinen Griff.

„Es sind keine Worte nötig. Jedenfalls noch nicht.'

Sie lächelte ihn an und nickte. „Danke." Sie küsste ihn erneut. Er grinste.

„Kein Problem."

„Darf ich stören?"

Der Arzt kam herein und hatte Isas Patientenakte in der Hand.

„Wie geht es Ihnen heute, Isabel?"

„Sehr, sehr gut." Sie sah ihn hoffnungsvoll an. Sam grinste.

Der Arzt lächelte. „Okay, ich werde Sie entlassen."

Isa jubelte und der Arzt lachte. „Unter der Bedingung, dass Sie es ein paar Tage lang ruhig angehen lassen."

Isa verdrehte die Augen. „Ja, ja."

„Oh, das wird sie." Sams Stimme war fest. „Danke für alles, Doktor."

Der Arzt machte sich daran, zu gehen. „Ich werde die Dosierung Ihrer Antidepressiva vorerst reduzieren, während Sie sich von der Gehirnerschütterung erholen."

Isa runzelte die Stirn. „Ich nehme keine Antidepressiva."

Dr. Field blieb verwirrt stehen. „Wie bitte?"

„Ich nehme keine Antidepressiva."

Sam und der Arzt sahen sich an.

„Schatz, sie haben sie in deinem Blut gefunden ... ich glaube es war ..." Sam hob die Augenbrauen zu dem Arzt.

„Effexor. Eine erhebliche Dosis."

„Ich schwöre es. Ich habe das nicht genommen." Isa wurde ein wenig irritiert.

„Haben Sie es jemals getan?"

„Was?"

„Sind Ihnen jemals Antidepressiva verschrieben worden?"

„Nein, niemals." Sie spürte, wie Sams Hand sich fest um ihre legte. Sie drückte seine Finger, um ihn zu beruhigen. „Sie sagen also, dass dieses Medikament in meinem Blut war?"

Der Arzt nickte. „Wir dachten uns nichts dabei, weil Mr. Levy uns erzählt hat, was Sie in letzter Zeit durchgemacht haben."

Isa kaute auf ihrer Unterlippe. „Doktor, würde dieses Medikament … ich meine, würde es irgendwelche Nebenwirkungen haben? Müdigkeit, Vergesslichkeit?"

„Hatten Sie das?"

Sie nickte. „Wie einfach ist es, ohne Rezept Zugriff darauf zu bekommen?"

Der Arzt lächelte unbehaglich. „Ich bin sicher, dass es über wenig seriöse Quellen erhältlich ist. Warum?"

„Wie einfach wäre es, jemanden ohne sein Wissen unter Drogen zu setzen?"

Sam machte ein angewidertes Geräusch. „Verdammt."

Der Arzt sah besorgt zwischen ihnen hin und her. „Sehr einfach. Ich hoffe, das ist nicht passiert."

Sam erhob sich, als sein Temperament auflöderte. Er ging zum Fenster und Isa konnte sehen, wie die Luft um ihn vibrierte. Sie wandte sich an den Arzt.

„Ich fürchte doch." Sie schaute auf Sams Rücken und sah, wie sich die Muskeln vor Wut anspannten. „Doktor, jemand hat gedroht, mich umzubringen. Er ist bei mir eingebrochen. Gott weiß, was er sonst noch getan hat. Das muss er gewesen sein."

„Aber warum?"

Isa lächelte erschöpft. „Ich weiß es wirklich nicht." Sie seufzte, streckte dem Arzt ihre Hand entgegen und schüttelte seine Hand. „Danke für alles. Ich meine es ernst."

AUF DEM HEIMWEG LEGTE SIE IM AUTO IHRE HAND AUF SAMS

Oberschenkel, während er fuhr. Er lächelte sie an.

„Alles in Ordnung, Baby?"

„Ich bin müde, genau wie du."

Er strich mit seiner freien Hand über ihren Bauch. „Hast du Schmerzen?"

„Nicht allzu sehr." Sie verschränkte ihre Finger mit seinen. „Der Arzt hat mir Schmerzmittel gegeben."

Sam grinste sie an. „Nur das Beste für dich, hm?"

Ihr Lachen verdrängte die Enge, die sich permanent in seiner Brust niedergelassen zu haben schien.

„Hey", sagte er jetzt und fuhr mit dem Finger über ihre Wange. „Wenn es dir besser geht, verreisen wir. Ein Kunde von mir hat eine Insel …"

„Angeber."

Er grinste, blieb aber unbeeindruckt. „Du wirst sauer sein, aber ich habe bereits mit Sandy gesprochen. Ja, ich weiß …" Sie verzog das Gesicht.

„Sam, ich bin auch so schon nie da! Es ist nicht fair gegenüber Sandy oder dem College … Oh, was rede ich da?" Sie ließ sich auf den Sitz zurücksinken und schien sich geschlagen zu geben. Sam warf einen Blick auf ihr stilles, erstarrtes Gesicht.

„Bist du wütend?"

Sie war eine Zeit lang still und schenkte ihm dann ein kleines Lächeln. „Ich denke nicht. Wenn ich ehrlich bin, klingt der Gedanke, weit weg von hier zu gehen, momentan himmlisch." Sie drückte seine Hand. „Solange du bei mir bist."

„Jede Sekunde. Wir könnten beide eine Auszeit vertragen."

SANDY KAM EIN PAAR TAGE SPÄTER ZU IHR UND ALS SIE AUF ihrer Couch saßen, dachte sie, dass er anders aussah. Sie konnte nicht einordnen, was es war, bis er über seinen kürzlich erfolgten Finanzierungsantrag sprach.

„Sandy ... ist das ein neuer Anzug?"

Sandy, dessen freundliches Gesicht strahlte, nickte. „Schön, dass du es bemerkt hast." Er beugte sich verschwörerisch vor. „Ich bin von deinem Freund inspiriert worden. Wie kann ein Mann so gut aussehen? Ständig."

Isa unterdrückte ein Lächeln. „Er lässt den Rest von uns schlecht aussehen, nicht wahr?"

Sandy verdrehte die Augen. „Ich dachte, ich sollte mich einmal anstrengen – auch wenn ich nicht mit ihm konkurriere, denn seien wir ehrlich, ich würde verlieren." Seine Worte wurden von einem Lächeln begleitet. Isa beugte sich vor, um ihn zu umarmen.

„Ich würde dich für nichts auf der Welt verändern. Hör zu, ich weiß, dass Sam mit dir gesprochen hat ..."

„Über das Sabbatical? Ja, ich habe ihm gesagt, dass es kein Problem ist. Wir sind sowieso am Ende des Forschungszyklus angelangt. Wir können im Frühling wieder anfangen, wie er vorgeschlagen hat."

Isa war verblüfft. Ein Sabbatical? Was war aus den zwei Wochen Urlaub geworden? Ein Sabbatical bis zum Frühling? Sie sah aus dem Fenster auf die grauen Winterwolken, die über die Insel huschten, und seufzte. Sie zweifelte nicht daran, dass Sam eine erhebliche Summe gespendet haben musste, um dies zu ermöglichen. Sandy hätte sie sonst niemals mehrere Monate freinehmen lassen und er sollte es auch nicht tun.

Aber sie hatte es einfach nicht in sich, dagegen anzukämpfen, so sehr die Feministin in ihr auch Widerstand leistete. Ausnahmsweise würde sie Sam gewinnen lassen. Ausnahmsweise würde sie zulassen, dass er sich um sie kümmerte.

Als Sandy gegangen war und sie in ihrer Wohnung herumging, um Dinge aufzuräumen, die nicht aufgeräumt werden mussten, kam ihr eine Idee und sie musste lächeln. Sie sah auf die Uhr – Sam würde in einer Stunde von der Arbeit zurück sein. Sie spähte aus dem Fenster zu den Security-Mitarbeitern, die er angeheuert hatte, um auf sie aufzupassen, wenn er nicht da war. Sie waren wachsam und suchten ständig nach potenziellen Bedrohungen. Sie grinste vor sich hin. *Ich hoffe, du bist nicht leicht zu erschrecken*, dachte sie. Sam würde die Überraschung seines Lebens bekommen, wenn er nach Hause kam.

Sam schloss die Tür der unheimlich ruhigen Wohnung. „Isa?" Er stellte seine Aktentasche auf die Küchentheke.

„Hier drinnen." Er schaute zum Schlafzimmer und hörte, wie ihre Stimme ihn sanft und liebevoll rief. Er ging darauf zu und zog an seiner Krawatte, als er sie wieder sprechen hörte. „Lass deine Kleider an. Alle."

Er grinste. Was hatte sie vor? Er öffnete die Tür und stellte fest, dass sie herrlich nackt vor ihm stand. Ihr langes, dunkles Haar floss über ihre Schultern und bedeckte ihre schönen Brüste. Er konnte nur dastehen und ihren Anblick in sich aufnehmen – die wunderbaren Kurven ihrer Hüften, die sanfte Wölbung ihres Bauches bis hinunter zu dem dunklen Dreieck aus Haaren, das ihr Geschlecht verbarg ... Ihre Haut glühte und ihre Augen waren voller Lust, als sie langsam zu ihm ging. Sie stellte sich auf die Zehenspitzen, um ihre Lippen zu seinen zu bringen. „Willkommen zu Hause, Liebling."

Er griff nach ihr, aber sie packte seine Arme und zog sie fest und entschlossen an seine Hüften.

„Ich ..." Sie sah unter den dichten, dunklen Wimpern, die er so sehr liebte, zu ihm auf. „... habe jetzt das Kommando. Nicht sprechen", fügte sie hinzu, als er seinen Mund öffnete. „Ich habe hier das Sagen, Sam." Sie kuschelte sich an seinen Hals und knabberte mit den Zähnen an seinem Ohrläppchen. Sam atmete ihren frischen Duft, ihre salzige Haut und das berauschende Aroma ihres Parfüms ein. Sein Schwanz zuckte und das Blut pulsierte unter seiner Haut, als sie ganz langsam seine Krawatte entfernte und begann, sein Hemd aufzuknöpfen. Sie schob den Stoff auseinander und beugte sich vor. Ihre Zähne schlossen sich um seine Brustwarze und ließen ihn bei dem schnellen Schmerz nach Luft schnappen. Ihre Finger glitten über seinen Bauch, um seine Hose aufzuknöpfen. Sam schloss die Augen, als sie seinen Schwanz aus seiner Unterwäsche befreite. Ihre kleinen Hände ergriffen die Länge, die sofort hart wurde, und sandten Wellen der Freude durch ihn. Er erbebte, als er spürte, wie ihre Zunge die Spitze neckte. Er fühlte sich benommen, als sie innehielt und sagte: „Gefällt dir das, Sam?"

Er nickte und seine Hände griffen automatisch nach ihr. Wieder drückte sie sie an seine Hüften. Er öffnete die Augen. Himmel, sie war wunderschön und lächelte ihn verführerisch an.

„Du machst mich so nass", flüsterte sie und sein Schwanz versteifte sich schmerzhaft bei ihren Worten. Er riskierte es, zu sprechen.

„Du kannst noch nicht ... der Arzt ..."

Sie fuhr mit den Fingern über seine Lippen, um ihn zum Schweigen zu bringen.

„Ich weiß. Aber ich bin es nicht, die heute Abend gefickt wird, Sam." Sie fuhr mit ihrer Zunge über seine Brust bis zu seiner Kehle und eroberte seinen Mund mit ihrem. „Das bist du ..."

Sie bewegte sich schnell, packte seine Hüften und schob ihn auf das Bett. Sam fiel zurück und sie setzte sich auf ihn, wobei sie leicht zusammenzuckte, als ihr Bauch protestierte.

„Lege deine Hände über deinen Kopf." Sie nahm seine Krawatte und fesselte seine Handgelenke damit an das Kopfteil. Sam spürte, wie sein ganzer Körper auf das Gefühl ihrer Haut an seiner reagierte. Sie lächelte und rutschte nach unten, damit sie seinen Schwanz ergreifen konnte. Ihre Hände zogen sanft daran und massierten den harten Schaft.

„Ich werde dich so hart kommen lassen, Baby." Und dann war ihr Mund wieder auf ihm und ihre Zunge reizte die Spitze und legte sich um seine Erektion. Sam stöhnte und zuckte unter ihrer Berührung. Er spürte, wie sie anfing, an ihm zu saugen, und ihre Hände seinen Schaft umschlossen, der sich zu dehnen und größer zu werden schien, als er es jemals erlebt hatte. Sie nahm ihn tief in den Mund, reizte ihn mit der Zunge und den Zähnen und trieb ihn mit jeder Bewegung mehr an.

„Himmel ... Isa ..."

Er konnte den Schrei nicht unterdrücken, als sie ihn noch

härter machte, so hart, dass ihm schwindelig wurde. Ihre Hände wanderten zu seinen Hüften und ihre Fingernägel gruben sich fast schmerzhaft in seine Haut. Er zitterte und rammte sich fester in ihren Mund, während sie an ihm saugte. Ihre Zunge bewegte sich immer schneller um die Spitze, bis er kam und dickes, heißes Sperma herausspritzte. Er wollte sie unbedingt ficken und seinen Schwanz in ihr Geschlecht stoßen, aber er konnte nichts tun, da sie ihr ganzes Körpergewicht benutzte, um seine Beine auf das Bett zu pressen. Mit gefesselten Händen war er ganz ihrer Gnade ausgeliefert. Er erschauderte und stöhnte, als er das Sperma in ihren Mund pumpte. Bei der Erkenntnis, dass sie es hinunterschluckte und ihn schmecken wollte, schwoll sein Herz vor Liebe an. Es schien, als würde er niemals aufhören, unter ihrer Berührung zu kommen, aber als er schließlich erschöpft war, lächelte sie ihn an.

„Du bist immer noch hart, mein Schatz." Und es stimmte. Sein Schwanz war immer noch empfindlich unter ihrer Berührung, als sie das Bett hochrutschte, um seinen Mund zu küssen. Mit einer Hand ergriff sie die Spitze seines Schafts und führte sie über ihr Geschlecht.

„Spürst du, wie feucht ich für dich bin, Baby?"

„Ich will dich berühren." Er fühlte sich verzaubert und besessen von ihr. Er wollte seinen Schwanz in sie stecken, wollte in sie eindringen, sie ausfüllen und aufs Bett pressen. Er wollte diesen Ort nie wieder verlassen. Isa lächelte über sein rasendes Delirium und bewegte sich so, dass sein Schwanz über ihren Bauch rieb und ihren Nabel umkreiste. Er konnte nicht aufhören, dabei zuzusehen, wie sie ihn in ihren Nabel tauchte, und spürte, wie er wieder zum Höhepunkt kam und heißes, klebriges Sperma auf ihren Bauch pumpte. Er konnte sehen, dass es sie erregte. Sie beugte sich vor und befreite seine Arme. Eine seiner Hände spreizte automatisch ihre Schenkel, glitt in ihr weiches Geschlecht und streichelte und massierte die kleine Knospe ihrer Klitoris. Sie zitterte vor Vergnügen, hielt aber seinen Schwanz fest und bewegte sich so, dass er sie berühren konnte, während sie seinen langen Schaft zwischen ihre weichen Brüste legte und ihn hin und her gleiten ließ. Sam stöhnte, packte ihre Hüften, vergrub sein Gesicht in ihrem Geschlecht und drang mit seiner Zunge so tief in sie ein, wie er konnte. Er achtete darauf, ihr nicht wehzutun, aber alles, was er tun wollte, war, sie besinnungslos zu ficken. Als er wieder seinen Höhepunkt erreichte, war ihr Gesicht gerötet vor Lust. Sie sah zu, wie er kam, als er unter ihr zuckte und seinen dicken, cremigen Samen auf ihre Haut spritzte. Er war unter ihrer Berührung völlig machtlos und konnte an ihrem triumphierenden Gesichtsausdruck erkennen, dass dies genau das war, was sie beabsichtigt hatte. Als er langsam wieder denken konnte, zog er sie zu sich und küsste sie so innig, dass sie beide nach Luft schnappten.

„Du bist unglaublich." Er kuschelte sich an ihren Nacken und strich mit den Händen über ihre Haare. Ihre weichen Lippen fanden seine und dieses Mal war der Kuss weich und zart. Jede Zelle in seinem Körper sehnte sich nach ihr. „Himmel, ich liebe dich so sehr, Isabel Flynn."

Sie grinste ihn an. „Isabel Eleanor Flynn."

Das verwirrte ihn. „Hm?"

Sie lächelte. „Mein zweiter Vorname ist Eleanor. Das habe ich dir nie gesagt. Was mich zu meinem Thema bringt. Ich bin mit der Security einverstanden und sogar damit, dass du mit meinem Chef ein Sabbatical arrangiert hast, ohne mich zu fragen …" Sam grinste verlegen und sie schlug ihm spielerisch auf den Arm.

„Ich habe auch nichts gegen einen Luxusurlaub auf einer Privatinsel – weil ich nicht verrückt bin. Wer würde das ablehnen? Aber hier ist meine Bedingung."

Ihr Gesicht wurde ernst und Sam fühlte ein Kribbeln, als sie fortfuhr. „So viel ist passiert … unsere Beziehung, die Galerie, die Morddrohungen, eine unerwartete Schwangerschaft … und wir kennen nicht einmal unsere zweiten Vornamen. Wir wissen nicht, welche Träume oder Hoffnungen wir hatten, als wir Kinder waren, oder wie wir aufgewachsen sind oder … ich könnte ewig weitermachen. Wir haben noch nie darüber gesprochen …" Ihre Stimme brach und sie holte tief und zittrig Luft. Sam schlang die Arme um sie und spürte, dass sie sagen musste, was auch immer sie quälte. Sie legte ihre Wange an seine nackte Brust. „Wir haben nie darüber gesprochen, ob wir Kinder wollen." Er spürte, wie sich ihr Körper entspannte, nachdem sie es gesagt hatte. Er presste seine Lippen an ihre Stirn.

„Wir können darüber reden", sagte er langsam, „wir können über alles reden, was du willst."

Sie zog sich von ihm zurück, damit sie seine Augen sehen konnte. „Es könnte schmerzhaft sein."

Er lächelte. „Wahrscheinlich. Aber das ist es wert. Ich will dich kennenlernen, Isabel Eleanor Flynn. Alles von dir."

Sie grinste verrucht. „Ich denke, du kennst manche Teile schon ziemlich gut." Sie beugte sich vor, um ihn zu küssen und fuhr mit ihrer Zunge über seine Unterlippe. „Ich liebe dich."

Seine Hände waren auf ihrem Hinterkopf und hielten sie fest, als er sie küsste, und sein Mund war rau auf ihren Lippen. „Oh Gott, ich möchte so sehr in dir sein."

Er spürte, wie ihre Lippen sich zu einem Lächeln krümmten. „Bald, Sam, bald."

Sie war zurück. Er lächelte, als er sie durch das Fenster sah. Er benutzte das Objektiv, um auf sie zu zoomen. Sie war noch schöner für ihn mit ihrem verletzten Gesicht und den Schmetterlingsstichen an ihrer Stirn und er stellte sich vor, wie sie aussehen würde, wenn er sie tötete.

Aber jetzt sah sie glücklich aus. Er runzelte die Stirn. Warum war sie nicht gelähmt vor Angst? Er hasste, dass etwas, das außerhalb seiner Kontrolle war, sie ihm fast weggenommen hatte. Er war derjenige, der ihr Leben beenden würde. Er allein.

Sein Magen verkrampfte sich. Das Bedürfnis, ihr Blut auf seinen Händen zu spüren, wurde überwältigend. Aber vielleicht brauchte er eine Pause bei seinem Plan. Er fing an zu lächeln. Wenn sie und Sam sich entspannen könnten, würden sie anfangen zu glauben, dass sie für immer glücklich zusammenleben würden – und dies würde den Schmerz und die Panik, die er ihnen bereiten würde, noch stärker machen. Er schloss die Augen und steckte seine Hand in seine Hose, während er es sich ausmalte …

Sie versuchte verzweifelt, das Messer wegzuschieben, aber er war zu stark. Er hatte es so gedreht, dass die Klinge sich zu ihr wandte. Er setzte sein gesamtes Gewicht ein und sie war ihm nicht gewachsen. Die Spitze der Klinge drückte sich in ihre nackte Haut. Sam, der an den Stuhl gefesselt war, schrie durch den Knebel in seinem Mund. Sein Gesicht war voller Angst und Trauer.

Er lächelte, als sich die Klinge immer wieder in ihren Bauch bohrte und ihr Blut über sein Gesicht spritzte. Isa war durch den Schmerz gelähmt. Sam schluchzte. Als sie im Sterben lag, stand er auf und ging zu Sam. Er packte Sams Haare, zog seinen Kopf zurück und schlitzte ihm die Kehle auf. Dann warf er den Stuhl um und legte die beiden so hin, dass sie einander beim Sterben zusahen. Sam schrie, als er beobachtete, wie das Leben aus den Augen seiner großen Liebe wich ...

Er kam grunzend und schluchzend und sein Samen strömte über seine Hand. Er stellte sich vor, dass es ihr heißes, dickflüssiges Blut war, wenn sie unter seinem Messer ausblutete.

Es war der beste Orgasmus seines Lebens.

Das winzige Flugzeug landete sicher auf der Landebahn der Insel und hielt vor etwas, das man großzügigerweise als Hütte bezeichnen konnte. Trotz seines einfachen Aussehens gab es in dem Flughafenterminal freundliche, effiziente Mitarbeiter und bald saßen Sam und Isa im Taxi und ihr Gepäck war sicher im Kofferraum verstaut. Isa bemerkte, dass das Personal Sam wie einen alten Freund begrüßte, ihm auf den Rücken klopfte und mit ihm lachte. Sam stellte sie einigen Mitarbeitern vor und ihre freundlichen, fröhlichen Gesichter brachten sie zum Lächeln. Sam war offensichtlich ein häufiger Besucher und mit einem kleinen Stich fragte sie sich, ob er auch seine früheren Freundinnen auf die Insel gebracht hatte. Sie verdrängte den Gedanken und grinste Sam an, als er ihre Hand drückte und ihm die Vorfreude in sein schönes Gesicht geschrieben stand.

Die Hitze war trocken und küsste ihre Haut, als sie mit weit offenen Fenstern über die Insel fuhren. Sam hatte seinen Arm um ihre Schultern gelegt und sie hatte sich an seine Brust gelehnt und ihr Bein lässig über seines geworfen. Die Insel war atemberaubend mit ihren üppigen grünen vulkanischen Hügeln und Hibiskus, Orchideen und Bougainvillea waren leuchtende Farbtupfer am Straßenrand. Isa hatte noch nie so viele schöne Farben gesehen und fühlte sich sofort inspiriert. Sie sah Sam mit strahlenden Augen an.

„Verdammt, ich hätte meine Malutensilien mitnehmen sollen."

Sam lachte und hielt sie fester. Er streichelte ihre Haare und brachte seine Lippen an ihr Ohr. „Dafür wirst du zu beschäftigt sein."

Isa kicherte und warf einen Blick auf den Fahrer. Dann küsste sie Sam. „Was glaubst du, was ich tun werde?"

Sie hielt ihre Stimme gesenkt und blickte unter ihren Wimpern auf, wohl wissend, dass es ihn verrückt machte. Er zog sie auf seinen Schoß und sie spürte seinen Schwanz, der bereits steif und bereit war, durch den Stoff seiner Jeans. Sie legte ihre Hand darauf und genoss sein Gewicht und seine Länge. Es waren mehrere Wochen vergangen, in denen sie auf Sex verzichtet hatten, während sie sich von der Operation erholte, und alles, woran sie denken konnte, war, ihn in sich zu haben. *Himmel, ich will dich so sehr ...* Sie unterdrückte ein Keuchen, als Sam mit lüsternen grünen Augen grinste, seine Finger in ihren Slip glitten und er anfing, ihre Klitoris zu streicheln. Sie lehnte ihren Kopf an seinen Nacken und erstickte ihre unregelmäßigen Atemzüge.

„Sobald wir in der Villa sind", murmelte Sam an ihrem Ohr, „werde ich deinen herrlichen Körper komplett ausziehen, jeden Zentimeter deiner honigsüßen Haut küssen, deine weichen, zarten Schenkel spreizen und dich so hart ficken, dass man dich auf der anderen Seite der Insel schreien hört."

Isa vergrub ihr Gesicht in seinem Hals und atmete schwer, als der Druck auf ihre Klitoris zunahm. Sie schnappte nach Luft, als er einen Finger in sie steckte. Sie fühlte sich bei seiner Berührung geschwollen und feucht und er sah sie mit einer solchen Intensität an, dass ihr Magen sich zusammenzog. Der amüsierte Blick hatte seine Augen verlassen und sie waren dunkel vor Verlangen und Erregung geworden. Seine Gesichtszüge schienen ausgeprägter zu sein – die schönen Kurven seiner Lippen, die Adlernase und die hohen, rasiermesserscharfen Wangenknochen. Er sah fast beängstigend aus und die Wildheit seiner Liebe zu ihr brannte lodernd und alles verzehrend. *Die Schönheit der Insel ist nichts im Vergleich zu ihm*, dachte sie verloren in seinem Blick. Sie fühlte sich verzaubert, als er sie so ansah, und Himmel ... sie wollte ihn so sehr, dass es schmerzte.

„Wie lange dauert es, bis wir die Villa erreichen?", flüsterte sie und sein Lächeln machte sein Gesicht weicher. Er nickte zur Windschutzscheibe.

„Wir sind schon da, Isabel Eleanor." Die Art, wie er ihren Namen sagte, brachte sie dazu, vor Glück weinen zu wollen.

Der Fahrer half Sam, ihre Koffer hineinzubringen, nickte höflich und ging. Isa stand in dem breiten Flur und wartete, wohl wissend, was Sam wollte. Sobald sich die Tür schloss, riss er ihr Kleid über ihren Kopf und biss in ihre nackten Schultern. Sie schnappte nach Luft, während er sie auszog, und als sie nackt war, zog er sie hinunter auf die kühlen Fliesen. Sie fühlten sich auf ihrer heißen Haut gut an.

„Es tut mir leid", sagte Sam schwer atmend, als er seine Jeans öffnete, um seinen prächtigen Schwanz zu enthüllen, der bereits schwer für sie war und dessen Spitze feucht glänzte. „Ich muss jetzt in dir sein."

Er zog ihre Beine um seine Hüften und stieß in sie hinein. Sie schrie bei dem schnellen Schmerz auf, wölbte sich ihm entgegen und versuchte, ihn ganz in sich aufzunehmen. Die Tatsache, dass sie nackt war, während er noch vollständig angezogen war, war unglaublich reizvoll. Sie fühlte sich vollkommen seiner Gnade ausgeliefert. Sie hob ihre Hüften an, damit er sie leichter packen konnte, während er seinen langen, dicken Schaft immer tiefer in sie stieß. Sein Gesichtsausdruck war wie im Taxi – intensiv und ganz auf sie gerichtet. Seine Stöße waren brutal und seine Hände waren auf ihren Hüften und pressten sich in ihre weiche Haut. Sie bewegten sich mit wilder Verzweiflung gegeneinander. Ihre Beine waren um ihn gewickelt und ihre Schenkel spannten sich bei dem Versuch an, ihn tiefer in sie zu ziehen. Als sie sich beide dem Ende näherten, zerrte Sam mit einer Hand ihre Hände über ihren Kopf und benutzte die andere, um ihre Hüften zu senken, sodass die überempfindlichen Nerven in ihrem Geschlecht gereizt wurden.

„Sam ... Oh mein Gott ... Sam!" Ihr Rücken krümmte sich und ihr Bauch drückte sich an seinen, als ihr Orgasmus durch sie strömte, gefolgt von einem weiteren und noch einem in schneller Folge. Dann spürte sie einen weiteren Hitzeschub, als Sam animalisch stöhnte, während er kam und seinen Samen in sie schoss. Das Geräusch ließ sie zum vierten Mal kommen und sie verstärkte ihren Griff um ihn und wollte, dass er sie nie wieder losließ. Sam schnappte nach Luft, aber er war immer noch steinhart und als er wieder in sie stieß, trafen sich ihre Blicke. Der Rest der Welt existierte nicht mehr, nur diese unerbittliche, sengende, wilde Liebe.

Nachdem sie auf dem Boden zusammengebrochen und wieder zu Atem gekommen waren, sahen sie sich an und begannen zu lachen. Isa rollte sich auf die Seite, küsste ihn und legte ihren Kopf eine Sekunde lang auf seine Brust, bevor sie in seine Augen sah.

„Himmel, das habe ich vermisst."

Sam lachte und fuhr mit den Fingerspitzen über ihren Rücken. „Was genau hast du vermisst?"

Sie grinste verschlagen, ging auf alle Viere und kroch zu seinem Gesicht. Sie küsste ihn fest und flüsterte dann. „Deinen riesigen, großartigen Schwanz, der mich alles vergessen lässt."

Beide brachen in Gelächter aus. Dann setzte sie sich auf ihn und sah ihn mit gespielter Besorgnis an. „Du hast zu viele Klamotten für diese Hitze an."

Er grinste träge, als sie sein T-Shirt über seinen Kopf schob und ihm dann den Rest seiner Kleidung auszog. Sie legte sich zurück und er wiegte sie in seinen Armen. „Ich liebe dich, Sam Levy." Sie sah auf und lächelte. „Samuel Alexander Levy."

Er küsste sie auf den Kopf. „Also ... willkommen auf der Insel. Willst du einen Rundgang durch die Villa machen?"

Sie dachte nach. Die Villa zu besichtigen bedeutete, sich zu bewegen, was wiederum bedeutete, den Komfort seiner Arme zu verlassen, und er war im Moment so herrlich nackt. Sie umfasste seine Erektion und er lachte, sodass ein leises

Grollen seine breite Brust vibrieren ließ. Sie küsste ihn erneut.

„Später, Baby. Ich muss mir erst deinen Körper gründlich ansehen."

Sie setzte sich wieder auf ihn, nahm seinen Schwanz und fuhr damit über ihr Geschlecht, bis er sie anbettelte, ihn in sich aufzunehmen. Sie ließ sich langsam auf ihn sinken, nahm nur die Spitze in sich auf und hielt dann grinsend inne, als er vor Vorfreude stöhnte. Er wurde noch härter, als sie sich auf ihn gleiten ließ. Sam griff nach ihren empfindlichen Brustwarzen und sie stöhnte. Als sie anfing, ihre Hüften zu wiegen und seinen Schwanz auf und ab zu gleiten, strichen seine Fingerspitzen über ihren Bauch. Sie holte zitternd Luft und ihre Muskeln zogen sich bei seiner Berührung zusammen. Sam lächelte in dem Wissen, dass es sie vor Erregung fast wahnsinnig machte, wenn er ihren Bauchnabel mit seinen Daumen umkreiste – so wie jetzt.

Später, als sie erschöpft waren, zog sie ihr Kleid wieder an und ließ sich von ihm durch die Villa führen. Das einstöckige Haus hatte große, helle, luftige Räume und Isa nahm barfuß jedes Detail in sich auf. Das Wohnzimmer mit den hohen Bücherregalen, die geschmackvolle Einrichtung, die riesigen weißen Sofas und der Tisch aus Treibholz – alles war so schlicht und zeugte dennoch von Reichtum und Luxus. Über dem Kamin – der in Anbetracht der Hitze unpassend erschien – hing ihr Gemälde, das Sam an dem Abend gekauft hatte, als sie sich kennengelernt hatten. Sie betrachtete es ein paar Momente lang und drehte sich mit leuchtenden Augen zu ihm um.

Sam lächelte. „Es ist mit uns gereist."

Isa grinste und streckte sich, um ihn zu küssen. „Das ist dein Haus, oder? Nicht das Haus eines Kunden. Es gehört dir."

Sam zögerte einen Moment und lächelte dann verlegen. „Die ganze Insel gehört mir."

Isa zuckte zurück. „Heilige ..." Sie blickte zu Sam auf und eine kleine Welle von Unbehagen strömte durch sie. „Sam ... wer zum Teufel besitzt eine Insel?"

Sie hatte sich ihm noch nie zuvor so unterlegen gefühlt. Sie wusste natürlich, dass er reich war, aber eine verdammte Insel?

Sam legte seine Arme um sie. „Es war die Insel meines Vaters. Er hinterließ sie mir und Cal. Eigentlich sollten wir sie verkaufen, aber ich konnte es nicht ertragen. Meine Mutter hat diesen Ort geliebt. Bevor sie starb, haben wir hier jeden Urlaub verbracht. Also keine Panik."

Isa legte ihre Handflächen auf seine nackte Brust und atmete langsam aus. „Es ist so viel, Sam."

„Ich weiß. Aber Isa ... es ist nur Geld. Was mir am meisten bedeutet, ist, dass ich immer nur mit Menschen hier war, die ich liebe. Mit Frauen, die ich liebe. Du und meine Mutter. Das bedeutet mir so viel, dass ich es gar nicht ausdrücken kann ..."

Sie stoppte ihn mit einem leidenschaftlichen Kuss. Tränen schimmerten in ihren Augen. „Danke, dass du das gesagt hast."

Der Kuss dauerte länger als beabsichtigt und sie musste ihn abbrechen, um wieder zu Atem zu kommen. Sie zog sich mit einem Lächeln von ihm zurück, ging zu den französischen Fenstern und stieß sie auf. Nach Jasmin duftende Luft strömte über ihre heiße Haut und sie atmete das Aroma des Ozeans ein, der sich nur ein paar Meter den Strand hinunter befand.

„Ich glaube, ich bin im Paradies." Sie spürte, wie er sich hinter sie stellte und seine Arme um ihre Taille schlang. Sie drückte sich an ihn und spürte die heiße Länge seiner Erektion in seiner Hose. Sam presste seine Lippen auf ihre Schulter. Eine Hand spreizte sich über ihrem Bauch, die andere unter ihrem Rock, wo sie in ihr Höschen rutschte.

„Ich will dich. Du bist immer noch nass", murmelte er und sie lachte leise. Ihr Atem stockte, als er anfing, ihre Klitoris zu streicheln.

„Du bist unglaublich, Sam." Sie drückte ihren Hintern gegen seine Erektion, während er sie streichelte. Sie konnte seine Finger spüren, die über ihr Geschlecht strichen, das von der Mischung aus seinem Sperma und ihrer Erregung feucht und geschmeidig war. Sam drehte sie um, damit er in ihre Augen sehen konnte, als er sie berührte.

„Verdammt, weißt du überhaupt, wie schön du bist?", flüsterte er und seine Augen nahmen diesen intensiven, fast gefährlichen Ausdruck an. Ihr Puls beschleunigte sich und sie zitterte vor Verlangen. Isa presste ihren Mund auf seinen und Sam zog sie in seine Arme, trug sie ins Schlafzimmer, ließ sie auf das Bett fallen und bedeckte ihren Körper mit seinem. Er zog ihre Hände über ihren Kopf und drückte ihre Beine mit seinem Knie auseinander.

„Du gehörst mir, Isabel, und ich werde dieses Wissen so hart in dich ficken, dass du es nie mehr anzweifelst…" Sein langer, dicker Schwanz tauchte tief in sie ein und sie schrie vor Verlangen und bewegte ihre Hüften, damit er so tief wie möglich in sie eindringen konnte. Sie spürte, wie sich die

Spitze unerbittlich gegen die empfindlichen Nerven in ihrem Inneren drückte, und verlor fast den Verstand.

Als sie sich ihrem Höhepunkt näherte, hielt er plötzlich inne und zog sich zurück, sodass nur ein Zentimeter seines Schafts in ihr zurückblieb. Isa schrie frustriert, als Sam verwegen grinste ... und wartete. Dann rammte er sich mit einem brutalen Stoß so fest in sie, dass sich das Bett bewegte. Isa spürte, wie der heiße Ansturm ihres Orgasmus über sie hinwegfegte und ihr ganzer Körper vor unkontrollierbarem Vergnügen vibrierte. Im nächsten Moment, als Sam kam, war ihr Geschlecht mit seinem Sperma gefüllt und pulsierte wild. Seine Augen waren jetzt weich – voller Liebe und voll von ihr. Er ließ ihre Hände los und sie legte sie auf sein Gesicht, streichelte die weiche Haut und fuhr mit ihren Daumen über seine Wangen. Sam strich mit seinen Lippen zärtlich über ihren Mund.

„Sag mir, dass du mir gehörst, Isabel ..." Seine Stimme war eine Liebkosung, ein Flüstern, eine sanfte Brise vom warmen Meer draußen. Sie küsste ihn liebevoll.

„Für immer, Sam, ich gehöre dir ..."

SELBST DIE ABENDE SIND HIER HÖLLISCH SEXY, DACHTE SIE, ALS SIE vor der Villa im Sand saß und den Wellen lauschte, die an den Strand gespült wurden. Die Luft war warm, aber eine kühle Brise glitt über ihre heiße Haut. Isa zog die Knie an ihre Brust und legte ihren Kopf darauf. Sie war müde und wund von ihrem Liebesspiel. Sam war in der Küche und Isa bemerkte, wie hungrig sie war, als der Geruch von köstlichem Essen durch die Villa strömte. Sie stand auf und folgte ihm. Als sie näher an die Küche kam, konnte sie Sam sprechen hören. Sie lehnte sich gegen die Tür und beobachtete ihn. Gott, er war so verdammt heiß mit seinem nackten Oberkörper, den starken Armen, den harten Muskeln und der breiten Brust, die sich bis zu den Hüften verjüngte, sodass er schlank, aber nicht dünn aussah. Er hatte seine Jeans an, aber sie konnte den Umriss seines unglaublichen Schafts sehen, der selbst jetzt noch groß war. *Das gehört alles mir*, dachte sie selbstgefällig und ein Lächeln umspielte ihre Lippen. Sam sah sie und grinste mit seinem Handy am Ohr. Sein Grinsen wurde breiter, als er bemerkte, dass sie ihn beobachtete und ihre Augen über seinen Körper wandern ließ. Offensichtlich genoss er ihre Bewunderung. Er beendete den Anruf, schaltete sein Handy aus und winkte ihr zu.

„Das war der letzte geschäftliche Anruf, versprochen."

Sie antwortete nicht, sondern ging zu ihm und presste ihre Lippen auf seine. „Etwas hier riecht köstlich."

Sam grinste. „Ich oder das Essen?"

Isa kicherte. „Beides. Ich bin ausgehungert." Sie nahm in Augenschein, was er zubereitet hatte. Auf der Theke standen zwei Filetsteaks mit grünem Salat und eine Schale Obstsalat mit frischen Pfirsichen, Erdbeeren, Mangos und Himbeeren. Sie stöhnte fast bei dem Anblick. Sam lachte, griff nach einem Tablett und stellte die Teller darauf.

„Lass uns draußen auf der Veranda essen."

Sie half ihm, die Teelichter auf dem Tisch anzuzünden, und sie saßen da und genossen den Abend, während sie aßen. Das Steak war saftig und zart und der Salat knackig und frisch. Sie aßen mit Vergnügen und Sam grinste über Isas begeistertes Stöhnen.

„Ich bin im Himmel", sagte sie später, als sie sich zurücklehnte und die Hand auf ihren vollen Bauch legte. „Genau hier und jetzt. Du, Sex, Essen, diese Insel, dieser Abend. Das ist meine Vorstellung vom Himmel."

Er beugte sich vor, um sie zu küssen. Sie schmeckte nach Pfirsichen. „Du bist mein Himmel."

Sie grinste und ihre Lippen krümmten sich gegen seine. „Wenn du mich verführen willst, hat es funktioniert. Ich brauche aber noch ungefähr eine Stunde, um mich von diesem Festmahl zu erholen."

Er lachte und fuhr mit seiner großen Hand über ihren Bauch. „Das geht mir genauso. Ich habe aber noch eine Überraschung für dich."

Ihre Augenbrauen schossen hoch. „Ach ja?"

Sam lächelte und reichte ihr ein Glas Wein. „Trink das aus und ich zeige es dir."

Eine Stunde später führte er sie in ein Zimmer am anderen Ende der Villa. Das Erste, was sie sah, war die Außenwand aus Glas mit Schiebetüren, die sich wie im Wohnzimmer zum Strand hin öffneten. Obwohl es jetzt dunkel war und draußen alles pechschwarz wirkte, konnte sie sehen, dass am Tag die Sonne diesen Raum mit Licht durchfluten würde. Sam machte die Lampen an und jetzt konnte sie eine lange Werkbank, Staffeleien, Leinwände, Blöcke aus schwerem Künstlerpapier und Farbpaletten erkennen. Ihr Mund öffnete sich leicht und ein Kloß bildete sich in ihrer Brust. Sam sah zu, wie sie durch den Raum ging und alles vorsichtig berührte. Isa fuhr mit den Fingern über unbenutzte

Aquarellfarben, dicke, runde Pastellstifte in jeder erdenklichen Farbe und Tuben mit Ölfarbe. Sie drehte sich zu ihm um.

„Ich weiß nicht, was ich sagen soll, Sam. Das ist einfach …" Sie sah sich erneut um. „Wie Willy Wonkas Künstlerfabrik."

Sie grinste, als er darüber lachte, und ging zu ihm. „Ich danke dir. Das ist wirklich mein Himmel."

Er lächelte zu ihr hinunter und strich mit seinen Lippen über ihre. „Bitte. Du hast in letzter Zeit nicht viel gemalt – nicht, dass ich es dir zum Vorwurf machen würde. Ich dachte, du könntest eine Auszeit nehmen und etwas arbeiten. Wenn du Lust dazu hast."

Sie starrte zu diesem hinreißenden Mann hoch, den sie so sehr liebte, und war gerührt von seiner Fürsorge und seinem großen Herz. Wie hatte sie so viel Glück gehabt, einen Mann wie diesen zu treffen? Jemanden, der sie wieder zum Leben erweckt, für sie gekämpft und sie beschützt hatte? Sie hatte nicht gescherzt, als sie gesagt hatte, es sei ein Traum. Hier, zu zweit auf dieser Insel, konnte sie Stalker, eifersüchtige Künstlerinnen, abwesende Eltern, Morddrohungen und verlorene Babys vergessen. Dieser letzte Gedanke traf sie wie ein Schlag in die Magengrube. Sams Baby. Sie spürte, wie sich ihre Augen wieder mit Tränen füllten und wandte sich von ihm ab, damit er sie nicht sah. Sie ging zu einem Schrank am anderen Ende des Raums und nahm ein Skizzenbuch heraus, das älter aussah als die anderen. Sie blätterte darin herum und fand Bleistiftskizzen. Es waren schöne Zeichnungen und die meisten zeigten einen Jungen, der schlief, las, spielte und lachte. Isas Herz begann zu pochen, als sie die Gesichtszüge des Jungen studierte. Sie waren zart, aber so vertraut.

Sam ...

„Es gehörte meiner Mutter. Früher ist sie hergekommen und hat stundenlang am Strand gemalt."

„Du hast mir nie erzählt, dass deine Mutter Künstlerin war."

Sam lächelte reumütig. „Ich weiß. Es gibt noch mehr, was wir übereinander herausfinden müssen. Ich werde dir alles erzählen, was du wissen willst, Schatz. Das zwischen uns ist für immer. Ich möchte nichts vor dir verbergen."

Isa schwieg einen Moment. „Nichts?"

Sam schüttelte den Kopf. „Ich bin ein offenes Buch. Du auch?"

Sie lächelte. „Ja, ich auch. Aber ich muss dich warnen ... du wirst schnell gelangweilt sein, wenn du über mein Leben vor dir erfährst." Sie ging zu ihm, um ihn zu küssen. „Ich kann nicht glauben, dass ich ein Leben vor dir hatte."

Sams Arme legten sich fester um sie. „Mir wird nie langweilig bei dir." Er hob sie hoch und trug sie zurück ins Bett, während sie laut lachte.

Er hatte sich Zeit genommen und die Richtige für seine Pläne gesucht. Er durchstöberte zuerst die Orte, an denen die Huren normalerweise herumstanden, beobachtete ihre Gesichter, ihr Verhalten und die Art und Weise, wie sie sich bewegten, um eine zu finden, die ihn an Isabel erinnerte. Nach ein paar Tagen gab er frustriert auf, zog sich mit einer Flasche Bourbon zurück und überarbeitete seinen Plan.

Tatsache war, dass er einfach jemanden brauchte, der wie sie aussah – jemanden, der Isa so ähnlich sah, dass es keinen Zweifel gab, dass sie es sein sollte, wenn man die Leiche fand.

Er fing an, die Nachtclubs und Bars und das Universitätsgelände zu erkunden.

Schließlich fand er eine Frau, die in einer Tankstelle an der I5 arbeitete. Es war natürlich ein Risiko, aber er war in einem Van, den er aus einer Seitenstraße im Geschäftsviertel gestohlen hatte, dorthin zurückgefahren, als es still war, und hatte eine Baseballmütze tief in sein Gesicht gezogen. Er hatte bereits bei ihrer ersten Begegnung geflirtet und als er zurückkam, sagte ihm ihr aufgeregtes Lächeln, dass es einfach werden würde.

Er entführte sie, als sie nach draußen ging, um zu rauchen. Sie kämpfte einen Moment lang, als er seine Hand über ihren Mund legte und sie in den Van zog, aber ein Schlag gegen ihren Kopf machte sie bewusstlos. Er fesselte sie, fuhr los und bog dreißig Minuten später auf den Parkplatz eines verlassenen Motels ein. Er würde sie hier am Leben halten, bis Isa und Sam von ihrem Urlaub zurückkehrten, und dann würde er ihnen eine Horrorshow präsentieren, die sie sich niemals hätten vorstellen können.

Isa balancierte ihr Kinn auf Sams Schulter und warf einen Blick auf den Laptop, an dem er arbeitete. „Ich dachte, dass Arbeit verboten ist."

Sam drehte den Kopf, um sie zu küssen. „Nur während du malst, versprochen." Er zog sie auf seinen Schoß und küsste sie innig. „Wie läuft es?"

Sie hielt ihre farbbeschmierten Finger hoch. „Gut. Ich hatte vergessen, wie glücklich es mich immer gemacht hat, einfach nur zu malen und alles andere zu ignorieren."

Sam grinste. „Warum hast du dann aufgehört?"

„Essen."

Er lachte. „Ja, natürlich."

Er folgte ihr in die Küche und bewunderte ihre wogenden Hüften in ihrem Jeansrock, die goldene Haut ihrer Beine und ihre nackten Füße. Sie trug ein übergroßes weißes Hemd, das offenstand und einen weißen Bikini enthüllte, der ihre vollen Brüste kaum fassen konnte. Auf ihrem nackten Bauch waren Farbflecken zu sehen und sie hatte ihre Haare zu einem unordentlichen Knoten hochgesteckt. Sam spürte, wie seine Leistengegend sich verengte, als er sah, wie sie durch die Küche eilte und etwas zu essen für sie suchte. Sie bemerkte seinen Blick und grinste.

„Worauf hast du Hunger, Baby?"

Sam griff nach ihr, aber sie sprang kichernd weg. „Du bist wirklich unersättlich, Sam Levy."

Er wollte protestieren, aber sie nahm ein Stück Brot und stopfte es ihm in den Mund. „Iss", sagte sie spöttisch. „Erst essen, dann ficken. So machen wir vornehmen Leute das."

„Du bist so herrlich verdorben." Er lachte und genoss ihren Humor.

Sie holte Aufschnitt aus dem Kühlschrank, während er Orangen auspresste. Die französischen Fenster standen offen und ließen die warme Luft durch das Haus zirkulieren. Schließlich trugen sie ihr Festmahl draußen an den Tisch und setzten sich.

Während sie aßen, musterte sie ihn. „Wir sind schon zwei Wochen hier."

Er nickte. „Ich weiß. Und wir können so lange bleiben, wie du möchtest."

„Die Vorteile eines reichen Freundes."

Er stimmte ihr zu, sah aber die Unsicherheit in ihren Augen. „Ich weiß, es ist dir wichtig, dass ich dich nicht ... wie soll ich sagen ... zu meiner Mätresse mache. Ist es das?"

Sie lächelte reumütig. „Du kennst mich so gut. Ich versuche, die Stimme in meinem Kopf zu ignorieren. Ich verstehe, dass du diese Insel schon besessen hast, bevor du mich kennengelernt hast, also kann ich sie genauso gut genießen. Wenn wir aber nach Seattle zurückkehren, müssen wir über eine gerechte Aufteilung der finanziellen Zuständigkeiten sprechen."

Sam seufzte. Er wollte nicht daran denken, zurück in die Stadt zu gehen, zurück zu dem Wahnsinn, der dort auf sie wartete. Wenn es möglich wäre, würden sie diese Insel niemals verlassen. Er sagte es ihr und sie lächelte und griff nach seinen Fingern.

„Ich weiß, wie du dich fühlst. Lass uns jede Minute dieses Urlaubs auskosten."

Er küsste sie, senkte dann den Kopf und fuhr mit seiner Zunge über die weiche Haut ihrer Brust. Er grinste, als er aufsah. „Du hattest Mayo auf deinem Busen."

Sie kicherte und streichelte sein Gesicht. „Ich liebe dich, du verrückter Mann. Aber du kennst mich ja."

Er grinste und hob die Augenbrauen. „Das tue ich nicht."

Einen Moment lang sah sie verwirrt und verletzt aus. „Was tust du nicht? Mich lieben?"

Sam lachte kurz. „Natürlich liebe ich dich. Ich wollte damit sagen, dass ich dich nicht besonders gut kenne. Sind wir nicht auch deshalb hergekommen, um uns wirklich kennenzulernen? Wir haben diesen Teil anscheinend übersprungen."

Sie grinste und er fühlte, wie ihr Fuß sein Bein hoch wanderte und an seiner Leiste rieb. „Ich frage mich, warum?"

Er grinste und genoss das Gefühl ihres Fußes an seinem Schwanz. Er fuhr mit seiner Hand über die glatte Haut ihrer Wade und sie schnurrte entzückt und brachte ihn zum Lachen.

„Also", sie knabberte an einem Stück Sellerie, „wo willst du anfangen?"

„Erzähle mir von deiner Familie."

Sie verdrehte die Augen, warf den Rest des Selleries weg und nahm einen Schluck Orangensaft. „Mein Vater war Chirurg bei der Armee und meine Mutter war Hausfrau. Oder besser gesagt, sie hat einfach getan, was mein Vater ihr befahl. Meine Großmutter war Inderin – ich glaube, das wusstest du schon – und ich wurde in Pondicherry geboren. Mom ist für meine Geburt nach Hause gegangen, weil mein Vater nie da war."

Ihr Gesicht verriet ihre Gefühle und Sam nickte. „Also war dein Vater ..."

„... ein Arschloch. Korrekt. Und das hat sich in meiner Kindheit nie geändert. Er hat uns misshandelt, nicht physisch, sondern emotional und verbal. Meine Mutter war – wie letztendlich auch ich – intelligent und das konnte er nicht ertragen. Er konnte es nicht ausstehen, dass zwei Frauen schlauer waren als er, ein Mann."

Sam nickte. „Wow, ein echtes Arschloch."

Isa nickte mit wütenden Augen. „Ja. Mom hat sich niemals gegen seinen Mist gewehrt und war nicht stark genug, um mich zu beschützen. Als ich sechzehn war, bin ich weggegangen. Er war damals in Maryland stationiert, also bin ich in den Bus gestiegen, der am weitesten von dort wegfuhr."

Sam musterte sie. Er sah die unzähligen Emotionen auf ihrem schönen Gesicht und den brennenden Zorn in ihrem Inneren. Isa kaute auf ihrer Unterlippe.

„Als ich mich von ihnen gelöst habe, haben sie nicht dagegen protestiert. Mom hatte keine Kraft, gleichzeitig um mich und gegen ihn zu kämpfen. Sie hat ihre Wahl getroffen. Das einzig Gute, was mein Vater getan hat, war, mir genug Geld zur Verfügung zu stellen, um eine Wohnung zu mieten, in der ich eine Weile leben konnte." Sie holte tief Luft und versuchte zu lächeln. „Als ich in Seattle ankam, hatte ich Glück – ich fand einen Job als Kellnerin und bewarb mich dann um ein Stipendium an der UW. Ich traf Zoe, als sie dort ein Seminar gab. Ich kann nicht beschreiben, wie es sich angefühlt hat, als sich endlich jemand für mich als Person interessiert hat. Sie gab mir ein Zuhause, einen Job und eine Familie. Für mich ist Zoe Marshall meine Mutter."

Sie verstummte und schaute auf den Ozean hinaus. Sam fuhr mit den Fingerspitzen über ihre Wange und sie lehnte sich an ihn. „Ich habe Geld gespart und meinem Vater jeden Cent zurückgezahlt. Ich wollte ihm nichts schulden."

Sam nickte. „Ich verstehe." Das tat er wirklich. Er konnte den Schmerz in ihr sehen, der aus der Ablehnung ihres Vaters resultierte. Er zog sie auf seinen Schoß und schmiegte sich an ihren Hals, als sie ihre Arme um ihn schlang. „Danke, dass du mir davon erzählt hast."

Sie seufzte tief. „Du hast recht, es ist schmerzhaft, sich an diesen Mist zu erinnern. Kein Wunder, dass wir das nicht früher getan haben." Sie grinste und er war erleichtert, dass ihre gute Laune zurückkehrte. Er presste seine Lippen auf ihre und küsste sie langsam und zärtlich.

„Hey, lass uns den Abwasch später machen und stattdessen im Meer schwimmen gehen."

Sie nickte, legte ihre Hand auf seine Wange und sah ihm in die Augen. „Einverstanden. Aber dann bist du damit an der Reihe, deine dunkelsten Familiengeheimnisse preiszugeben."

Casey Hamilton saß in der dunkelsten Ecke des Cafés und drehte unentwegt den Löffel in ihrer Tasse. Ihr Date streckte schließlich seine Hand aus, um sie zu stoppen, weil ihm das Kratzgeräusch von Metall auf Keramik auf die Nerven ging. Er nahm ihr Kinn zwischen seine Finger und musterte ihr Gesicht.

„Bist du gestresst?"

Sie musste ihm nicht antworten. Ihre geweiteten Pupillen und ihre Nervosität sagten ihm alles, was er wissen musste.

Sie zog ihren Kopf aus seinem Griff. „Fick dich. Wenn ich kein Geld bräuchte, wäre ich nicht hier."

Er lächelte und nahm einen Schluck von seinem Cappuccino. „Aber du brauchst Geld."

„Was zum Teufel soll ich dieses Mal machen?"

„Vorerst noch nichts."

Sie schnaubte angewidert.

„Geduld."

Casey senkte ihre Stimme. „Wie lange? Ich meine, wie lange dauert es noch? Verdammt noch mal, töte sie endlich."

Er lachte. „Was in aller Welt lässt dich denken, dass ich das tun werde?"

„Ich ... du hast mir gesagt, dass du sie verletzen würdest ..."

„Genau. Verletzen. Warum sollte ich sie so bald töten, wenn ich sie zuerst haben kann? Vor allem, wenn du vorhast, ihr auch noch das Herz zu brechen. Sie wird leiden. Sie wird verletzlich sein. Sie wird sich mir ganz hingeben und dann – und erst dann – werde ich ihr das Leben nehmen."

Casey war entsetzt. „Willst du damit sagen, dass du all das getan hast, nur um sie zu ficken? Himmel, was hat sie nur an sich? Diese kleine Schlampe mit ihren unschuldigen Augen ..."

„Nicht ficken. Besitzen. Das ist ein Unterschied." Seine Stimme ließ sie erzittern.

„Okay. Aber warum glaubst du, dass sie ... Sie ist in Sam verliebt."

„Casey, bitte. Ich habe nie gesagt, dass sie eine Wahl hat."

Casey seufzte. „Also, wie sieht der Plan aus?"

„Es ergibt keinen Sinn, irgendetwas zu tun, während sie weg sind. Wir warten, bis sie wieder zu Hause sind. Wenn sie glauben, in Sicherheit zu sein ... Du weißt, was dann zu tun ist."

Ihr Kinn hob sich. „Natürlich könnte ich ihnen stattdessen auch alles erzählen. Ich frage mich, wie dankbar Sam mir dafür wäre, dass ich das Leben seiner kleinen Geliebten gerettet habe."

Er lachte dunkel. „Casey, liebste Casey, wenn du denkst, Sam Levy würde dich jemals wieder ficken, machst du dir etwas vor."

„Fick dich."

Sein Lächeln verschwand. „Das hast du schon getan. Erinnerst du dich? Ich habe dir die Zärtlichkeit gezeigt, die er dir niemals geben konnte. Aber wenn du auch nur einen Ton zu ihm sagst, endet meine Geduld, Casey. Ich habe kein Problem damit, dir die Kehle aufzuschlitzen."

Sie ballte die Hände zu Fäusten, damit sie nicht zitterten. „Tötest du alle Frauen, die du fickst?"

Er lächelte. „Nein. In deinem Fall handelt es sich jedoch eher um Müllentsorgung als um Mord."

„Bastard", zischte sie und Speichel spritzte aus ihrem Mund. Er wischte sich das Gesicht ab, zog sie zu sich und presste seinen Mund auf ihren.

„Du musst dir keine Sorgen machen, Casey, wenn du deinen hübschen Mund hältst. Die einzige Person, die mein Messer spüren soll, ist Isabel Flynn. Ich werde sie langsam ausweiden, die Qualen auf ihrem schönen Gesicht beobachten und ihrem Kampf um Sauerstoff lauschen. Das ist mein Ziel, Casey. Ich werde es nicht auf die leichte Schulter nehmen, wenn du es ruinierst."

Casey lächelte. „Du bist verrückt." Sie warf einen Blick auf die regennassen Straßen von Seattle und stellte sich Sams Gesicht vor, wenn er Isas Leiche fand. „Tust du mir einen Gefallen?"

„Was?"

„Tu alles, was du kannst, um das Leben meines Ex-Mannes zur Hölle zu machen, bevor du sie tötest."

Sein Lachen war intim. „Versprochen."

Die Abendluft war kühl und trug die berauschenden Düfte des Ozeans und der Blumen über die Insel. Die flackernden Kerzen im Raum ließen ihre Haut warm leuchten, als sie sich zusammen bewegten. Isa fuhr mit dem Mund über Sams Schaftspitze und massierte sanft seine Hoden, während ihre andere Hand ihn langsam streichelte. Sie hörte seinen unregelmäßigen Atem und spürte, wie sich seine Hände in ihren Haaren vergruben, als sie ihn verwöhnte. Unter ihrer Berührung schwoll sein Schwanz an und er stöhnte, als sie mit der Zunge über die breite, empfindliche Spitze fuhr. Seine Hände ballten sich in ihren Haaren zu Fäusten und sein ganzer Körper zuckte vor Erregung.

„Himmel ... Isa ... bitte ..."

Isa grinste und ihre Lippen um seinen Schwanz verzogen sich zu einem Lächeln. Er wollte sich in sie stürzen, das wusste sie, aber sie war unerbittlich und saugte an ihm, als sie ihn immer näher zu einem explosiven Höhepunkt brachte.

„Lass mich dich schmecken ...", zischte er atemlos und sie drehte sich um und schnappte nach Luft, als er sein Gesicht in ihr vergrub, seine Zunge tief in ihr Geschlecht eintauchte und das überempfindliche Gewebe erkundete. Ihn so zu spüren ... Isa kam zusammen mit ihm und sein heißes, salziges Sperma pumpte auf ihre Zunge. Sam warf sie auf den Rücken, stieß seinen immer noch steinharten Schwanz in sie, drückte ihre Beine an ihre Brust und hakte ihre Knöchel über seine Schultern. Er biss in ihren Nacken und ihre Schultern und seine Hände legten sich um ihre Brüste, als sie unter ihm erschauderte und nach Luft schnappte. Sie packte seine kurzen Haare, als er ihren Mund mit seinem eroberte und seine Zunge sie erforschte, als wollte er sie verschlingen. Ihr Körper spannte sich bei einem weiteren überwältigenden Orgasmus an und sie neigte ihre Hüften und spreizte ihre Beine weiter, als er in sie eindrang. Auf ihren Vorschlag hin, hatten sie sich beide rasiert und das seidige Gefühl, als sie ihn bis zur Wurzel seines Schafts in sich aufnahm, war unglaublich und stellte eine neue Dimension ihrer liebevollen Verbindung dar.

Sie fühlte, wie sein nasses, heißes Sperma sie füllte, und küsste ihn, als er nach Luft schnappte.

„Bleib in mir, flüsterte sie und beobachtete, wie sich sein Gesicht vor Ekstase und Liebe zu ihr verzog. Er nickte und lächelte zitternd. Sie spannte ihre Beine an und ihre Vaginalmuskeln zogen sich um seinen Schwanz zusammen. „Ich will spüren, wie du hart wirst, während du in mir bist."

Er gluckste atemlos und streichelte ihre Lippen mit seinen. „Wenn du das noch einmal machst, wirst du definitiv etwas spüren."

Sie lachten beide, als sie seinen Schwanz fester umschloss. „Oh Gott, Isa ... was zum Teufel habe ich getan, bevor ich dich getroffen habe?"

Sie lächelte, aber ihre Worte hatten einen ernsten Unterton. „Wir haben das Gespräch immer noch nicht geführt. Über unsere Ex-Partner."

Sams Lächeln flackerte auf. „Können wir es nicht führen, während mein Schwanz tief in dir ist?"

Sie grinste gutmütig und gab vor, darüber nachzudenken. „Ja, okay."

„Kleine Verführerin."

Sie kicherte verrucht. „Ganz genau." Sie erhöhte den Druck auf ihn und er stöhnte. Er strich ihre Haare aus ihrem Gesicht und fuhr mit seinen Lippen über ihre weiche, feuchte Haut.

„Ich liebe dich, Miss Flynn. Und eines Tages möchte ich dich Mrs. Levy nennen."

Ihre Augen weiteten sich. „Sam ... ich ..."

Er presste seine Lippen auf ihre, um sie zum Schweigen zu bringen. „Keine Panik, ich stelle diese Frage noch nicht. Du bist nicht bereit. Wir sind nicht bereit. Aber ich möchte, dass du weißt, dass ich dich eines Tages fragen werde."

Sie fuhr mit den Fingern über seinen Rücken und lächelte ihn an. „Und ich möchte, dass du weißt, dass ich Ja sage, wenn du das tust. Auf jeden Fall. Nur noch nicht jetzt."

Er grinste. „Damit kann ich leben."

Sie konnte fühlen, wie sein Schwanz sich in ihr versteifte und anschwoll, um sie zu füllen, bevor er anfing, sich in ihr zu bewegen.

„Können wir diesen Moment für immer festhalten?", fragte sie und er nickte und sah sie mit seinen klaren grünen Augen voller Liebe an.

„Für immer." Und er küsste sie, als wäre es das erste Mal.

Die Albträume kehrten in dieser Nacht zurück. Er war acht und lief nachts barfuß durch die Villa seiner Familie. Es war heiß und stickig in dieser tiefblauen Sommernacht in Louisiana. Alle Fenster waren geöffnet worden, aber die schwüle Luft brachte keine Erleichterung von der Hitze, sondern ließ nur die Vorhänge aufwirbeln und tanzen. Er konnte Gestalten hinter sich sehen, dunkle Gestalten, die zischten und spuckten, als er an ihnen vorbeirannte. Der Boden schien an seinen kleinen Füßen zu kleben.

Er konnte die Schreie am anderen Ende des Flurs hören. Er hörte, wie zarte Stoffe zerrissen wurden, sah das Licht im Zimmer seiner Mutter aufflackern und roch Blut.

Blut?

Er schleppte sich weiter und als er es schaffte, zur Tür zu gelangen, wusste er schon, was er dort sehen würde. Der Mann hatte die Hände um die Kehle seiner Mutter gelegt und erwürgte sie. Sein Gesicht war verzerrt von der brutalsten, leidenschaftlichsten Liebe, die er je gesehen hatte. Liebe und Entsetzen in einem unerbittlichen Tanz. Er würde zusehen, wie seine Mutter, seine freundliche, wundervolle, wunderschöne Mutter, zu Boden sank und ihn mit offenen Augen und violettem Gesicht anstarrte, während ihre Zunge aus ihren blassen, blauen Lippen ragte. Oh Gott, er würde zu ihr rennen und sie anbetteln zu atmen und zu leben ...

Aber diesmal war es nicht seine Mutter, er war nicht mehr acht Jahre alt, sondern ein erwachsener Mann und der Mörder hatte ein Messer und lachte, als er auf Isa einstach, die auf dem Tisch in ihrem Studio lag, während ihr Blut aus ihr strömte und sie ausgeweidet wurde. Sie drehte den Kopf, um ihn anzustarren, und in ihren Augen waren Qual, Verrat und Enttäuschung.

„Du hast mich nicht gerettet, Sam." Bei ihrer Anschuldigung

fiel er auf die Knie und sah hilflos zu, wie sie ermordet wurde …

SAM ERWACHTE, SAUGTE LUFT IN SEINE LUNGE UND STIESS EIN rhythmisches „Nein … Nein … Nein …" aus. Er rieb sich die Augen mit seinem Zeigefinger und seinem Daumen und sah sich dann um. Die Panik stieg wieder in ihm auf.

Das Bett neben ihm war leer.

Laut fluchend sprang er aus dem Bett, rannte durch die Villa und rief nach ihr. Adrenalin schoss in brennenden Strömen durch ihn.

Dann sah er ihr verwirrtes, besorgtes, schönes, lebendiges Gesicht, als sie im Flur vor ihrem Studio stand. Sie trug ihre Schlafanzughose zu einem Top mit Spaghettiträgern, ihr Haar fiel ihr über den Rücken und ihre dunklen Augen waren erschrocken aufgerissen. Er umarmte sie zitternd und Isa streichelte seine Haare.

„Was ist los, Baby? Was ist passiert?"

Plötzlich bemerkte er, dass seine Beine nachgaben, und sie fielen zu Boden. Isa nahm ihn in die Arme, zog seinen Kopf an ihre Brust, wiegte ihn und versuchte, ihn zu beruhigen. Sams Atmung begann, sich zu stabilisieren, und sie in seinen Armen zu spüren war Balsam für seine gereizten Nerven. Er konnte eine Weile nicht sprechen, also hielt sie ihn einfach fest und küsste seine Schläfe.

Schließlich zog er sich zurück und lächelte verlegen. „Tut mir leid. Ich hatte einen Albtraum. Und dann bin ich aufgewacht und du warst weg."

Sie strich mit einem Finger über seine Adlernase. „Oh je, ich konnte nicht schlafen und dachte, ich würde etwas arbeiten." Sie fuhr mit der Hand über seine Stirn und schob seine feuchten Locken zurück. „Worum ging es in dem Albtraum? Du hattest einige, seit wir zusammengekommen sind, und..."

„Was?" Er runzelte die Stirn. Er konnte sich nur daran erinnern, *einen* Albtraum gehabt zu haben, seit sie sich kennengelernt hatten – in der Nacht, als er weg war und sie zusammengebrochen war. In jener Nacht, als Cal sie ins Krankenhaus gebracht hatte, war sein Albtraum wahr geworden.

Isa nickte. „Normalerweise wachst du nicht auf, sondern schlägst nur ein bisschen um dich und sagst ‚Bitte nicht' zu jemandem. Um ehrlich zu sein, wollte ich dich danach fragen, aber ich dachte, es wäre dir peinlich."

Oh Gott. Er sank gegen die Wand und hielt sich die Hand vor die Augen. *Sag es ihr.* Er hatte dieses Geheimnis vor ihr verborgen, weil er es nicht ertragen konnte, die Liebe in ihren Augen durch Mitleid ersetzt zu sehen. Aber jetzt, hier auf seiner Insel, wo sie sicher vor allem waren, erzählte Samuel Levy seiner großen Liebe von der Nacht, als er gesehen hatte, wie seine Mutter von einem Mann ermordet wurde, der von ihr besessen war. Er erzählte ihr jedes schreckliche Detail und als er fertig war, sah er nur Liebe und Verständnis.

„Ich konnte sie nicht retten." Er spürte, wie sein Körper erbebte, aber Isas Arme schlossen sich fester um ihn.

„Du warst acht Jahre alt." Sie drückte ihre kühlen Lippen an seine Schläfe. „Du hättest nichts tun können. Wo war dein Vater?"

Sam lachte humorlos. „Er war auf Geschäftsreise. Verdammt.

Als du zusammengebrochen bist und Cal mir sagte, dass du im Krankenhaus bist, wurde mir plötzlich klar, wie es für meinen Vater gewesen sein muss, diesen Anruf zu bekommen."

„Das kann ich mir kaum vorstellen." Aber sie konnte es und plötzlich wurde Isa übel. „Ich verstehe jetzt, warum dich diese Stalker-Sache so beunruhigt."

„Stalker? Wohl eher ein psychopathischer Mörder." Sam sah sie mit klaren, wütenden Augen an. „Niemand wird dich mir wegnehmen. Das verspreche ich dir."

Sie streichelte sein Gesicht. „Ich glaube dir. Ich liebe dich, Samuel Levy. Du und ich sind jetzt zusammen ... uns wird nichts auseinanderreißen."

Er schenkte ihr ein echtes, fröhliches, entspanntes Lächeln. „Darauf kannst du deinen süßen Arsch verwetten."

Sie presste ihre Lippen gegen seinen Mund und ihre Zunge fuhr sanft über seine Unterlippe. „Ich kann dich deine Alpträume vergessen lassen, wenn du willst."

Seine Hand glitt nach oben, um eine Strähne ihres Haares einzufangen, und hielt ihren Kopf still, als er den Kuss vertiefte. Die andere Hand wanderte unter ihr T-Shirt und seine langen Finger spreizten sich über ihrem Bauch. „Du bist die Einzige, die das kann."

Er drückte sie sanft zurück auf den Boden, bewegte seinen Körper über ihren und zog ihre Hose herunter. Dann küsste er sie zärtlich und seine Hand glitt zwischen ihre Beine und suchte ihre seidige, feuchte Wärme. Sein Daumen streifte die empfindliche Knospe ihrer Klitoris. Sie zitterte vor Vergnügen, schob ihre Hände unter den Bund seiner Jogginghose und fuhr mit den Fingerspitzen beider Hände über die Länge seines Schafts.

„Himmel, das fühlt sich gut an", stöhnte er, vergrub sein Gesicht in ihren Haaren und spürte, wie ihr sanftes Lachen durch ihren Körper vibrierte.

Unter ihrer Berührung wurde sein Schwanz fast unerträglich hart. Ihre schlanken Finger rutschten auf und ab, kreisten um die Spitze und massierten seine Hoden.

„Lass mich dich berühren, bis dein Stress nachlässt", flüsterte sie und er nickte zustimmend.

„Solange ich dich dabei ansehen kann ..." Er schob ihr T-Shirt hoch und sie zog es schnell mit ihrer Hose aus, bevor sie ihre Hände wieder auf ihn legte. Ihre Liebkosungen waren federleicht und sandten Wellen der Freude durch ihn. Er blickte auf sie hinunter und wollte sich jeden Zentimeter von ihr einprägen – ihre honiggoldene Haut, das schwache Rosa auf ihren Wangen und den feuchten Schimmer ihrer Erregung. Ihre vollen Brüste, die so reif wie frische Pfirsiche waren, bewegten sich auf und ab, als ihr Atem stockte. Er glitt mit zwei Fingern in die samtige Weichheit ihres Geschlechts und bewegte sie langsam hinein und heraus, während er seinen Mund über eine ihrer Brustwarzen legte und fühlte, wie sie hart wurde, als seine Zunge darüber strich. Er saugte sanft daran und spürte, wie ihre Berührung an seinem Schwanz fester wurde und er sich fast schmerzhaft versteifte. Ihr Geschlecht war jetzt durchnässt vor Erregung und ihr Blick sagte ihm, dass sie ihn in sich haben wollte. Sein Schwanz war so hart, dass er unter seinem eigenen Gewicht zuckte, als er ihn ausrichtete und die Spitze an ihren Eingang schob. Er drückte sich in sie hinein und sie keuchte bei dem schnellen Schmerz, als sich ihr Geschlecht dehnte und seine seidige

Länge umhüllte. Sie bewegte sich langsam, fast traumhaft, und wiegte ihre Hüften. Ihre Augen waren zärtlich und starrten in seine. Sam streichelte ihren Bauch, fühlte, wie er unter seiner Berührung zitterte, und hörte ihre tiefen, lustvollen Seufzer. Isa strich seine kurzen, dunklen Locken glatt, streichelte seine Wange und zeichnete den Umriss seiner Lippen nach.

„Hast du eine Ahnung …", flüsterte sie leise, „… wie umwerfend schön du bist?"

Sam lächelte sie an. „Solange du das denkst, ist mir alles andere egal." Er fing an, heftiger in sie zu stoßen, und sie grinste und schnappte nach Luft. „Sag mir, was ich mit dir tun soll, meine schöne Isabel."

„Fick mich, Sam, fick mich, bis ich die Kontrolle verliere …" Sie schrie auf, als er begann, mit all seiner Kraft in sie zu stoßen, und ihre Arme mit seinen festhielt, während er seine Lippen auf ihre presste, bis sie Blut schmeckte. Sie küsste ihn mit fiebriger Sehnsucht und ihre Zunge streichelte seine. Ihr Mund war jetzt gierig und wollte ihn schmecken und ihre Finger gruben sich in seinen festen Hintern und wollten ihn noch tiefer in sie ziehen. Das Gefühl ihres Bauches an seinem und ihre Weichheit machten ihn verrückt und ihre Brüste pressten sich an ihn, als sich ihr Körper unter ihm wölbte.

„Oh Gott, Sam …" Isas Augenlider flatterten und ihre Wangen färbten sich, als sie zum Orgasmus kam, und er spürte, wie ihr Körper heftig bebte. Er stöhnte, als er ebenfalls kam, und sein Körper zuckte, während er seinen Samen in sie pumpte.

Sie brachen eng umschlungen zusammen und ihre immer noch miteinander verbundenen, schweißglänzenden Körper bebten, als sie Luft holten.

Minutenlang lagen sie eng umschlungen da. Sam konnte nicht aufhören, sie zu küssen. Seine Zunge schob sich in ihren offenen Mund und seine Zähne knabberten sanft an ihrer Unterlippe. Er fühlte sich vor Liebe ganz benommen.

„Sag mir, was du magst."

Sie lächelte mit geschlossenen Augen und genoss seine Lippen auf ihren. „Ich mag deinen Schwanz tief in mir."

„Und?"

„Deinen Mund auf mir, auf meinen Lippen, meinen Brüsten und meinem Bauch. Ich mag, wie sich deine Zunge tief in mir anfühlt, und deine Zähne auf meiner Klitoris."

Ihre Worte machten ihn wieder hart, sodass er in ihrem Geschlecht anschwoll. Er fuhr mit den Lippen über ihren Kieferknochen.

„Mehr."

„Ich liebe das Gefühl deiner Haut an meiner, wie du mich ansiehst, wenn du kommst, und wie du mir das Gefühl gibst, die schönste Frau der Welt zu sein."

„Du bist die schönste Frau der Welt", knurrte er und sie kicherte.

„Du bist voreingenommen. Aber ich liebe dich dafür."

„Sag mir ..."

„Ich liebe, wie sich deine Hüften anfühlen, wenn du mich nimmst und deinen Schwanz so hart in mich rammst, dass ich keinen zusammenhängenden Gedanken fassen kann, außer dass ich dich will. Ich liebe, wie du schmeckst. Ich liebe es, deinen unglaublichen Schwanz mit meinem Mund zu verwöhnen, bis du unter meiner Berührung hilflos bist."

Sam lächelte und seine Augen leuchteten vor Lust. „Ich bin hilflos, wann immer du im Raum bist, angezogen oder nackt."

Isa grinste. „Das geht mir bei dir genauso. Ich liebe, wie groß du bist, nicht nur dein Schwanz, sondern alles an dir. Deine breiten Schultern, deine harte Brust, deine starken Arme … Ich fühle mich so sicher in deinen Armen, so geliebt, so … als wäre ich, wo ich hingehöre. Dein wunderschönes Gesicht, dein Lächeln, dein Sinn für Humor … Samuel Levy, du bist wie ein wahr gewordener Traum."

Er spürte, wie sich sein Schwanz immer mehr verhärtete, und begann, in sie hinein und wieder hinaus zu gleiten. Isa lächelte ihn verführerisch an.

„Und ich liebe es, wenn du mich auf dem Boden fickst."

Sie lachten beide und als ihre Erregung wuchs, tat er genau das für den Rest der Nacht.

Er runzelte die Stirn. Das Mädchen, das er Isabel Zwei nannte, war immer noch bewusstlos. Vielleicht hatte er diesmal zu heftig zugeschlagen. Aber als er zum Motel zurückgekehrt war, hatte sie um Hilfe geschrien in der verzweifelten Hoffnung, dass irgendjemand sie in diesem abgelegenen, heruntergekommenen Höllenloch voller Kakerlaken hören würde.

Er hatte sie zu fest an den Stuhl gefesselt und durch das Klebeband waren ihre Hände angeschwollen und lila geworden. Er hatte sie bis auf die Unterwäsche ausgezogen und sie baden und ihre Kleidung waschen lassen. Er hatte keine Lust, sie zu ficken, sondern war sie inzwischen leid. Sie mochte wie Isabel aussehen, aber dort endete die Ähnlichkeit. Dieses Mädchen war weinerlich, ungebildet und oberflächlich. Er seufzte. Er würde kein Vergnügen dabei haben, sie zu töten. Das Beste, worauf er hoffen konnte, war, sie zu erwürgen und dabei so zu tun, als wäre sie Isabel.

Das Mädchen stöhnte und er sah, wie sich ihr Kopf ein paar Sekunden lang drehte, bevor sie aufblickte. Ihre Augenlider waren schwer von den Drogen, die er ihr gegeben hatte, und der Gehirnerschütterung, die sie davongetragen hatte, als er sie bei ihren Hilfeschreien so heftig geschlagen hatte.

Er hatte sie noch nicht wieder geknebelt und wollte sich mit ihr amüsieren, also setzte er sich jetzt mit einem leichten Grinsen im Gesicht vor den Stuhl. Sie fokussierte sich auf ihn und Tränen schossen in ihre Augen.

„Warum tust du mir das an?"

Er verlagerte sein Gewicht und gab vor, über ihre Frage nachzudenken. „Nun, Isabel Zwei, ich tue das nicht wirklich dir an, sondern deiner Namensvetterin. Du bist nur das Mittel zum Zweck, um ihr meine Sehnsüchte mitzuteilen."

Das Mädchen sah verwirrt aus. „Mein Name ist Sadie, nicht Isabel. Wovon zum Teufel redest du?"

Er grinste breit. „Ich werde deinen Körper benutzen, um ihr zu zeigen, wie ich sie töten werde."

Das Mädchen schluchzte. „Warum?"

„Um sie zu erschrecken. Um sie vor Angst zittern zu lassen. Um sie zu quälen. Mach dir keine Sorgen …" Er holte sein Messer heraus, um es ihr zu zeigen, und sie wimmerte vor Angst. Er fuhr mit der Spitze von ihrem Hals über ihren

Körper, bis sie in ihrem Nabel ruhte. „Es wird nicht mehr lange dauern. Ich fürchte, es wird wehtun, aber dagegen kann man nichts machen."

„Du bist ein kranker Mistkerl." Sie spuckte die Worte aus und er fühlte eine Flut von Zorn in sich aufsteigen. Er stand auf, stopfte einen Lappen in ihren Mund und wickelte einen Streifen Klebeband um ihren Kopf, um ihn an Ort und Stelle zu halten.

„Vielleicht", knurrte er sie an, „aber zumindest wird man sich an mich erinnern."

Das Mädchen würgte und er fragte sich, ob er sie ersticken lassen und ihr einen gnädigen Tod gewähren sollte. Nein, das ging nicht. Er musste sie auf die Insel bringen und dort töten. Es wäre schwieriger, eine Leiche zu transportieren, und außerdem wollte er das Spektakel und den Schrecken des Massakers.

Er wollte Blut.

Isa strich die Farbe auf die Leinwand und genoss den Anblick des hellen Farbtupfers. Sam beobachtete sie fasziniert. Sie lächelte ihn an, als sie in ihrem Studio saßen, dessen Fenster und Türen weit geöffnet waren, sodass das sinnliche Rauschen des Ozeans in den Raum drang. Die Hitze war am späten Nachmittag schwül und machte sie schläfrig. Isa arbeitete an einer kleinen Leinwand, die sie auf ihrem Schoß balancierte. Mit einer Hand hielt sie sich an Sam fest, mit der anderen hielt sie den Pinsel.

„Kannst du so arbeiten?"

Sie nickte lächelnd. „Ich improvisiere nur. Und ich liebe es, deine Hand zu halten."

Er beugte sich vor, um sie zu küssen. „Ich könnte dir den ganzen Tag beim Malen zusehen."

Ihr Mundwinkel hob sich, als sie grinste. „Ich könnte etwas auf deinen Körper malen und dich gleichzeitig reiten."

Sam lachte laut. „So ein schmutziges Mädchen. Ich bin eindeutig ein schlechter Einfluss."

„Oh ja."

Er nickte und tat so, als wäre er beschämt. Isa berührte seine Nase mit der Spitze ihres Pinsels.

„Also ... lass uns über unsere, ähm, Vorgeschichte sprechen."

Er wusste sofort, was sie meinte. „Du zuerst."

Isa nickte. „Okay, obwohl es nicht viel zu erzählen gibt. Ich habe am College meine Jungfräulichkeit mit einem Mann verloren, an dessen Namen ich mich nicht mehr erinnern kann. Ich gebe zu", sie grinste verlegen, „ich war damals betrunken, also kann ich dir nicht sagen, wie es war."

Sam verzog das Gesicht. „So genau muss ich es nicht wissen."

Sie kicherte. „Danach hatte ich nur noch zwei andere Freunde. Der erste war Leo, den ich in einem Café auf einer der San Juan Inseln getroffen habe. Er war ein süßer Typ, aber Investmentbanker und wir hatten nicht viel gemeinsam. Wir hatten eher so etwas wie eine Affäre und eines Tages beschlossen wir, sie zu beenden. Alles war sehr freundlich und wir schreiben immer noch gelegentlich E-Mails." Sie warf Sam einen Blick unter ihren Wimpern zu, um zu sehen, wie er darauf reagierte, aber er lächelte nur. Isa atmete erleichtert auf. „Er ist jetzt verheiratet und hat ungefähr siebzehn Kinder."

Sam lachte und nickte. „Das kann ich mir vorstellen. Also muss der andere ... Karl sein?"

Seine Stimme klang jetzt scharf und Isa drückte seine Hand. „Fixiere dich nicht so sehr auf Karl. Ich glaube, ich habe dir gesagt, dass er Grafik-Künstler ist, oder?"

Sam nickte fest. Sein Mund war hart und er sagte nichts. Isa seufzte.

„Wir haben uns in einem Geschäft für Kunstbedarf kennengelernt. Danach haben wir nicht lange gedatet, aber er hing an mir. Mein Herz war nicht bei der Sache, also beendete ich es. Das Problem war, dass ich den schlimmsten Tag dafür wählte und er körperlich übergriffig wurde. Nur einmal, aber das reichte. Er war am Boden zerstört und konnte sich nicht genug entschuldigen. Nicht, dass es eine Entschuldigung wäre, aber es besteht ein großer Unterschied zwischen einem einmaligen Täter, der an dem Tag betrunken war, und einem psychotischen Stalker. Es ist nicht Karl."

„Du scheinst zu versuchen, dich und mich davon zu überzeugen."

Isa überlegte. „Ich glaube nicht. Ich denke immer wieder darüber nach, ob es Karl sein könnte – und nein, ich glaube nicht, dass er es ist, bis mir jemand das Gegenteil beweist."

Sie konnte spüren, wie Sam sie musterte, und hielt seinem Blick stand. Schließlich nickte er kurz und sie entspannte sich.

„Wie auch immer ...", sagte sie und lachte, als er die Augen verdrehte. „Komm schon, du bist dran. Rede."

Sams Hand schloss sich fester um ihre. „Ich bin nie wirklich tiefe Bindungen eingegangen. Ich war zu beschäftigt damit, mein Portfolio aufzubauen, die Angelegenheiten meines Vaters zu regeln, als er starb, und Cal durch das College zu bringen."

Sie spritzte Wasser auf ihn. „Du weichst mir aus"

„Das tue ich nicht. Okay. Meine College-Freundin hieß Mary-Lou …"

„Der Name soll wohl ein Scherz sein."

Sam lachte. „Erwischt. Okay, im College habe ich verschiedene Mädchen gedatet, aber mich nie richtig auf sie eingelassen. Ich denke, am längsten war ich mit Jeanne zusammen. Vielleicht ein paar Monate. Sie war sehr politisch, unglaublich motiviert und wenig humorvoll."

„Und gut im Bett?"

„Diese Frage beantworte ich nicht."

„Also ja." Sie grinste ihn an, um ihn wissen zu lassen, dass sie Witze machte.

Er grinste ebenfalls. „Wie auch immer, wir haben uns getrennt, als sie weggegangen ist, um … irgendwo gegen irgendetwas zu protestieren, ich weiß nicht mehr genau …"

„Beeile dich."

„Ungeduldige Frau. Ich war eine Weile mit Britt zusammen, einer Fotografin, dann mit Lauren. Niemand Besonderes. Niemand wie du. Du bist die einzige Frau, die ich jemals geliebt habe."

Prickelndes Vergnügen ließ ihr Gesicht glühen und sie lächelte. „Ich bin froh, das zu hören."

Er nahm ihr den Pinsel und die Leinwand ab und legte sie vorsichtig auf die Werkbank, dann zog er sie auf seinen Schoß. „Du", sagte er, knabberte an ihrem Ohrläppchen und küsste ihren Hals, „bist mein ganzer Lebenssinn."

Isa lehnte sich an ihn und schloss die Augen. Sie wollte den Moment nicht verderben und ihm die Frage stellen, die sie seit Wochen beschäftigte. „Dann gab es keine weiteren Künstlerinnen? In deiner Branche sind schließlich viele davon."

„Ein oder zwei vielleicht, niemand Besonderes." Aber sie bemerkte sein Zögern und ihr Herz setzte einen Schlag aus.

„Casey Hamilton?"

Wieder zögerte er. „Wer?"

Isa seufzte und rutschte von ihm weg. In seinen Augen lag Verwirrung und sie schenkte ihm ein schwaches Lächeln, wich aber seinem Blick aus.

„Komm, lass uns etwas essen."

Sie ging vor ihm in die Küche und versuchte, sich nicht von dem Kloß in ihrem Hals überwältigen zu lassen, damit keine heißen Tränen über ihre Wangen liefen. Er log sie an. Sie glaubte es mit ganzem Herzen. Sam kannte Casey Hamilton – darauf würde sie ihr Leben verwetten – und zwar intim. Nur so konnte sie sich das Verhalten der anderen Frau und Sams völlige Ablehnung erklären. Warum leugnete er es? Sie konnte und wollte nicht glauben, dass er sie immer noch sah. Isa ignorierte den Schmerz, den sie bei dem Gedanken daran empfand, und biss die Zähne zusammen. Wenn er es ihr nicht sagen wollte, wusste sie, mit wem sie darüber sprechen konnte. Sie wusste, wer ihr helfen würde, mehr herauszufinden.

Casey Hamilton grinste, als sie den Namen des Anrufers in ihrem Display sah. „Was zum Teufel willst du?"

„Sei vorsichtig mit deinem Tonfall, Casey."

Sie seufzte. „Hör zu, ich habe es satt. Sag mir, was du willst, oder ich gehe zu ihnen und erzähle ihnen alles."

Es herrschte Stille. „Willst du wirklich eine Kugel in den Kopf riskieren?"

Sie lachte freudlos. „Ich dachte, du wolltest mir die Kehle durchschneiden, du Verrückter."

„Du verdienst keinen langsamen Tod."

Sie zitterte. „Was …?"

„Es ist Zeit."

Sie stieß ein langes Zischen aus. „Also gut."

„Braves Mädchen. Du bekommst dein Geld bald genug."

Sie konnte hören, dass er auflegen wollte. „Warte."

„Was ist, Cassandra?"

Die Art, wie er ihren Namen sagte, sandte einen Schauder durch sie. „Wenn du sie tötest … wenn du diese Schlampe erstichst … wird es langsam sein? Wird es wehtun?" Ihre Stimme war zu einem verführerischen Schnurren geworden.

Er lachte leise. „Es wird unvorstellbar sein."

Es hatte den ganzen Nachmittag Anspannung zwischen ihnen

geherrscht und jetzt, als sie ihre Teller nach einem leichten Abendessen wegräumten, legte Sam seine Hand auf ihren nackten Rücken.

„Was ist los, Schatz? Du bist so still, seit wir uns unterhalten haben."

Sie schüttelte den Kopf. Sie hatte den ganzen Nachmittag mit sich gerungen, aber jetzt war sie müde und wollte nicht, dass diese idiotische Frau zwischen sie kam und ihre idyllische Zeit auf dieser Insel ruinierte. „Es ist nichts. Ich denke nur an … alles Mögliche." Sie schlang ihre Arme um seine Taille und sah zu ihm auf. „Lass uns draußen am Strand sitzen."

Er hielt ihre Hand, als sie zum Ufer gingen und sich so hinsetzten, dass das Wasser um ihre nackten Füße floss. Er zog sie in seine Armbeuge und sie legte ihren Kopf an seine Schulter. Sie schwiegen eine Weile.

Sie fühlte, wie er seine Lippen gegen ihre Schläfe drückte, und seufzte. „Ich wünschte, wir müssten nicht nach Hause." Er legte seine Wange auf ihren Kopf.

„Wir können so lange bleiben, wie du willst."

„Ich weiß, aber realistisch gesehen müssen wir zurückgehen und dieses Durcheinander beseitigen. Und diesen Idioten finden, der mich bedroht. Uns beide. Weil, Sam …" Sie zog sich zurück, damit sie in seine Augen sehen konnte. „Die Schwangerschaft war ungeplant, aber na ja, es ist passiert und könnte wieder passieren, und wenn wir bereit sind, unser Kind auf die Welt zu bringen, möchte ich nicht, dass diese Bedrohung alles überschattet. Selbst ohne Kinder werde ich nie das Gefühl haben, dass wir uns frei bewegen können. Ich werde immer über meine Schulter schauen."

Sam nickte. „Das denke ich auch. Ich werde jede mir zur Verfügung stehende Ressource nutzen, um ihn zu finden. Versprochen. Es kann aber bedeuten, dass du – wir – weitere Vorsichtsmaßnahmen treffen und mit Einschränkungen leben müssen."

Sie stieß den Atem aus. „So sehr ich es auch hasse, das zuzugeben – ich weiß, dass du recht hast. Ich könnte es einfach nicht ertragen, wenn ich mit deinem Kind schwanger wäre und etwas passiert. Das wäre schlimmer als der Tod."

Sam erschauderte und sie bereute ihre Worte. „Tut mir leid, Baby."

Es herrschte lange Stille zwischen ihnen, während Sam ihre linke Hand nahm und dort eine Linie zeichnete, wo ein Ehering sein würde. „Wir haben nie darüber gesprochen ... Willst du Kinder?"

Sie lächelte und beugte sich vor, um ihn zu küssen. „Von dir? Ja, natürlich. Aber wenn du daran kein Interesse hast, dann ..."

„Doch. Ich möchte Kinder mit dir haben."

Sie spürte Tränen in ihren Augen – Himmel, sie war in letzter Zeit so emotional. „Dann werden wir das tun. Nur noch nicht jetzt."

Er lächelte und umarmte sie. „Einverstanden. Lass uns einfach genießen, was wir jetzt haben."

Sie spürte, wie sein Handy in seiner Hemdtasche vibrierte. „Ich dachte, du hättest es ausgeschaltet."

„Tut mir leid." Er zog es heraus und warf einen Blick auf den Bildschirm. Sein Gesicht verdunkelte sich. „Scheiße."

„Was ist?"

„Bei Cal scheint es Probleme zu geben. Ich muss ihn zurückrufen." Sein Lächeln war entschuldigend.

Sie rappelte sich auf und streckte die Hand aus. „Gehen wir zurück zum Haus. Ich kann dir dort etwas Privatsphäre geben."

Sie ließ ihn im Wohnzimmer, ging zurück in ihr Studio und schloss die Tür hinter sich. Der Tag hatte ihr das Gefühl gegeben, verletzlich zu sein. Vielleicht war es der Gedanke, nach Seattle zurückzukehren. Sie hasste es, so zu empfinden. Sie liebte diese Stadt leidenschaftlich und hielt sie für den großartigsten Ort der Welt. *Mit Ausnahme dieser Insel*, dachte sie grinsend. Sie könnte sich wirklich an die Abgeschiedenheit und Sicherheit hier gewöhnen. Sie überlegte, wie sehr sich ihr Leben in so kurzer Zeit verändert hatte. Zehn Jahre von der Obdachlosigkeit zu einem Urlaub auf einer Luxusinsel. Sie kicherte vor sich hin. *Sei nicht zu selbstgefällig.*

Es klopfte an der Tür. Sie sah auf, als Sam hereinkam. Sein Gesicht war grimmig und angespannt und schickte eiskalte Angst durch ihren Bauch.

„Was ist?"

„Wir müssen zurück nach Seattle. Eine Künstlerin verbreitet Gerüchte über deine Arbeit. Sie sagt, du hast einige ihrer Werke plagiiert."

Isa war empört. „Was zum Teufel soll das?"

Sam nickte. „Das frage ich mich auch. Sie war so schlau, zu den richtigen Leuten zu gehen, damit es sich schnell herumspricht. Wir müssen sofort nach Hause zurückkehren und mit der Schadensbegrenzung beginnen. Sonst werden deine Arbeit, Zoes Galerie und mein Ruf darunter leiden."

Isa spürte, wie ihr ganzer Körper erstarrte. „Wer ist die Künstlerin?"

Sie wusste es, noch bevor er es sagte. Seine Augen blitzten vor Wut und seine Stimme nahm einen leisen, gefährlichen Ton an.

„Casey Hamilton."

Der erste Stich war immer der süßeste, wenn die Haut unter dem Messer aufriss. Der weit geöffnete Mund des Opfers, als wäre der brennende Schmerz dabei, erstochen zu werden, eine Überraschung …

Isabel Zwei war nicht anders. Er tötete sie langsam, rammte das Messer tief in ihren Bauch, so wie er Isa erstechen würde, und genoss das heiße Blut auf seinen Händen. Dieses Mädchen hatte keinen Kampfgeist – er erwartete, dass Isa sich wehren würde. Sie würde sich weigern, schnell zu sterben, und jeden Schlag und jeden Stich bis zum allerletzten Moment ertragen.

Isabel Zwei starb zu schnell, als dass er sich richtig vorstellen konnte, wie es wäre, Isabel Flynn zu ermorden.

Aber fürs Erste war es genug.

Isa schlief auf dem Heimflug in Sams Armen ein. Er konnte nicht schlafen, dazu war er zu aufgeregt und zu wütend, wenn er ehrlich war. Verdammte Casey. Zur Hölle mit ihr. Sie würde Isas Karriere nicht ruinieren. Sam wusste, dass ihre Behauptungen leicht entkräftet werden konnten. Das war es nicht, was ihn störte. Es war die Tatsache, dass die Presse früher oder später enthüllen würde, dass er einst mit Casey verheiratet gewesen war. Er hatte nach der Scheidung große Anstrengungen unternommen, um jeden Hinweis darauf online zu entfernen – mit erheblichem finanziellem Aufwand. Es war nicht leicht herauszufinden, dass sie früher verheiratet gewesen waren, aber es war möglich.

Warum zum Teufel hatte er Isa nicht gleich am Anfang davon erzählt? Was hatte er sich nur dabei gedacht? Er war fast vierzig – glaubte er, sie würde von einer früheren Ehe überrascht sein? Es hatte ihn völlig aus dem Konzept gebracht, als Casey damals in der Galerie aufgetaucht war. Er wollte sie nicht in der Nähe von Isa haben und zulassen, dass die Fehler der Vergangenheit diese neue, alles verzehrende Liebe trübten. Er seufzte und fühlte, wie Isa sich bewegte. Ihre Lippen drückten sich an seine Kehle und sie lächelte ihn schläfrig an.

„Hey, du."

Er fuhr mit dem Finger über ihre Wangen und staunte wie immer über ihre Schönheit und die Liebe in ihren Augen. Hatte er sie verdient? Sam verdrängte die Frage und küsste sie.

„Weißt du ... am anderen Ende dieser Kabine befindet sich ein Schlafzimmer ..."

Sie grinste. „Gute Idee. Lass uns die Inselromantik noch eine Weile am Leben halten."

Er trug sie ins Schlafzimmer und trat die Tür hinter sich zu. Sie streckte sich, als er sie auf das Bett legte, und grinste gähnend. Sie sah so bezaubernd aus, dass er sich auf sie legte, sie durch die leichte Baumwolle ihres Sommerkleides streichelte, ihren Mund küsste und ihre Lippen kostete. Er bewegte sich das Bett hinunter und schob ihr Kleid über ihre Taille, damit er sein Gesicht auf ihren weichen Bauch legen und fühlen konnte, wie er sich beim Atmen auf und ab bewegte. Seine Finger wanderten in ihr Höschen und zogen es nach unten, sodass er ihren Bauch küssen und die winzige Knospe ihrer Klitoris in seinen Mund nehmen konnte. Isa schnappte zitternd nach Luft und streckte die Hand aus, um seinen Kopf zu streicheln und seine kurzen Locken zu packen.

Er spreizte die weichen Lippen ihres Geschlechts und fuhr mit seiner Zunge darüber, bis er fühlen konnte, wie es anschwoll und feucht wurde. Ihr leises Stöhnen und Seufzen sagten ihm, dass sie unerträglich erregt war. Sein Schwanz drückte sich gegen den schweren Stoff seiner Jeans, aber er wollte sie erst kommen lassen, indem er sie mit seiner Zunge und seinen Händen fickte. Himmel, wenn sie so zitterte, ihr Körper weich vor Liebe war und sie ihm vollkommen vertraute, konnte er nur an sie denken.

„Sam …" Sie kam und wölbte ihren Rücken vom Bett, als sie zitterte und stöhnte. Er küsste ihren Mund, während sie zu Atem kam, befreite seinen harten Schwanz aus seiner Jeans und drückte ihre Beine auseinander. Sie nickte aufgeregt und stöhnte, als er sich in sie rammte. Ihre Hände klammerten sich an seinen Hintern und er spürte, wie sie ihre Beine immer weiter spreizte, um ihn in sich aufzunehmen. Er küsste sie grob, als seine Bewegungen schneller wurden und ihre Blicke einander fixierten.

Als das Flugzeug auf dem geschäftigen Flughafen von Seattle landete, waren sie erschöpft und befriedigt. Isa lag in seinen

Armen und er war alarmiert von den Tränen, die plötzlich in ihren Augen auftauchten.

„Was ist los, Schatz?"

Sie wischte die Tränen mit einer Hand weg. „Tut mir leid. Es ist nur ... sobald wir dieses Flugzeug verlassen, werden wieder andere Leute in unserem Leben sein. Wir werden nicht mehr nur zu zweit sein."

Er wollte sie trösten, mehr als alles andere, aber er konnte es nicht. Er wusste genau, was sie meinte und wie sie sich fühlte, weil er es auch fühlte. Draußen auf der Welt gab es Menschen, die sie ihm wegnehmen wollten. Und er hatte Angst, nicht zu wissen, wie er sie aufhalten sollte.

CAL UNTERHIELT SICH MIT SEB UND ZOE, ALS SIE ZU ZOES Haus zurückkehrten. Nach den Umarmungen und Begrüßungsküssen führte Zoe Isa in die Küche, während Sam Cal beiseite nahm.

„Ihr seid also auf der Insel gewesen?"

Sam nickte. „Tut mir leid, dass ich es dir nicht gesagt habe, aber ich wollte ..."

„Hey, kein Problem. Ich denke, es war eine gute Idee."

Sam seufzte. „Was zum Teufel macht Casey?"

Cal verdrehte die Augen. „Wer weiß? Sie will dir und Isa offenbar Ärger machen. Was sagt Isa über sie?"

Sam fuhr sich mit den Händen durch die Haare. „Nicht viel. Sie fragt mich immer wieder, ob ich Casey kenne."

Cal blieb stehen. „Du hast es ihr immer noch nicht gesagt?"

Sam schüttelte den Kopf und Cal starrte ihn an. „Alter ... was zur Hölle soll das? Weiß die Frau, die du liebst, etwa nach all der Zeit immer noch nicht, dass du schon einmal verheiratet warst?"

Sam war sprachlos und setzte sich schwerfällig auf einen Stuhl. „Ich weiß, Cal. Ich weiß."

Cal kaute einen langen Moment auf seiner Unterlippe. „Hör zu, es geht mich nichts an, aber ..."

Zoe steckte ihren Kopf in den Raum. „Tut mir leid, euch zu unterbrechen. Sam, ich glaube, Isa möchte heute Abend nur ins Bett gehen. Sie ist erschöpft. Cal, warum bleibst du nicht heute Nacht und wir können morgen früh alles besprechen."

Cal sah Sam an und beide nickten Zoe zu.

In der Küche konnte Sam sehen, dass Zoe recht hatte. Isa sah aus, als würde sie gleich an der Theke einschlafen. Er küsste ihre Schläfe.

„Ich trage das Gepäck nach oben und hole dich dann."

Sie murmelte ihre Zustimmung und er grinste Zoe an. „Ich komme gleich wieder."

Er stieg die Treppe hinauf, entriegelte die Tür und stieß sie mit der Schulter auf.

Sofort schlugen ihm Gestank und das Summen Hunderter Fliegen entgegen. Sein Herz begann zu pochen und er machte das Licht an.

Der Laut, der aus seinem Mund drang, als er sie sah, klang wie das Heulen eines verwundeten Tieres.

Das tote Mädchen war in der Mitte des Wohnzimmers an

einen Stuhl gefesselt und bis auf die Unterwäsche ausgezogen, die mit ihrem Blut durchtränkt war.

Das Mädchen sah Isa so ähnlich, dass die Botschaft offensichtlich war. *Das ist, was ich mit ihr machen werde.* Einen Moment lang war Sam vor Entsetzen erstarrt und konnte seine Augen nicht von den Stichwunden im Bauch des Mädchens abwenden. Der Griff der Mordwaffe ragte aus ihrem gequälten Körper und Blut, so viel Blut, bedeckte den Boden der Wohnung. Er war fassungslos, als er sich umdrehte und vor Isa trat, als sie durch die Tür stürmte, nachdem sie seinen Schrei gehört hatte. Zu spät. Sie sah das tote Mädchen und Sam konnte den Schock, die Panik und das Entsetzen in ihren Augen erkennen.

„Oh mein Gott …" Ihre Beine gaben unter ihr nach und Sam fing sie auf und rief nach Seb und Cal. Die beiden jungen Männer eilten in den Raum und erstarrten.

„Himmel …" Cal drehte sich um und übergab sich, als er die Leiche des Mädchens sah. Seb stand ganz still. Seine dunkle Haut war grau vor Entsetzen.

„Sie sieht aus wie meine Schwester." Seine Stimme war so leise, dass sie ihn kaum hörten. Isa vergrub ihr Gesicht in Sams Brust, als er seine Arme schützend um sie schlang. Der Gestank von Blut vermischte sich jetzt mit dem Geruch von Erbrochenem. Sam trat in Aktion, zog Isa aus der Tür und schrie die beiden Männer an, ihm zu folgen.

Eine schockierte Zoe rief die Polizei und während sie warteten, schwiegen sie, bis Isa es nicht mehr aushielt und in die Nacht hinausrannte. Sam holte sie ein, als sie stehenblieb und zu der offenen Tür ihrer Wohnung blickte. Er legte seinen

Arm um ihre Schultern und spürte die Anspannung in ihrem Körper. Sie sagte nichts und sah ihn nicht an.

„Isa …"

„Ich frage mich, wie es sich anfühlen wird."

Sam schüttelte verständnislos den Kopf und drehte sie zu sich um. Ihre Augen waren voller Trauer und Resignation.

„Wenn er mir das antut. Ich frage mich, wie es sich anfühlen wird."

Er zog sie in seine Arme, bevor er sie zwang, ihm in die Augen zu schauen. „Ich habe dir das schon einmal gesagt. Ich werde ihn niemals in deine Nähe lassen. Du wirst nie erfahren, wie sich das", er deutete mit dem Kopf auf die Wohnung und das tote Mädchen, „anfühlt."

Cal kam aus dem Haus hinter ihnen und ergriff ihre freie Hand. „Dir wird nichts passieren, Isa."

Isa drückte Cals Hand und lehnte sich an Sam, der ihre Schläfe küsste und über ihren Kopf hinweg zu seinem Bruder sah. „Es ist Zeit, dieses Arschloch unschädlich zu machen. Ich meine es ernst. Wir werden jede Ressource, die wir haben, nutzen."

Cal nickte. „Verstanden." Er zog sein Handy aus seiner Hosentasche und ging davon, um einen Anruf zu tätigen. Sams Arme schlossen sich enger um Isa, als ein Streifenwagen am Bordstein anhielt.

„Schatz … sag Zoe und Seb, dass sie ein paar Sachen packen sollen. Ihr geht alle in die Stadt." Er löste sich von ihr und ging auf den Polizeibeamten zu, der aus dem Wagen stieg. Isa starrte ihm nach.

„Sam?"

Er drehte sich um und sie fragte: „Für wie lange?"

Sams Gesicht verhärtete sich. Seine Augen wirkten gejagt und wütend. „Solange es dauert, bis du wieder in Sicherheit bist, meine schöne Isabel. Solange es nötig ist …"

EINE VORSCHAU AUF BRECHE MICH

Ein Bas Boy Milliardär Liebesroman
Zitter Buch Drei

Nachdem Sam und Isa aus ihrer romantischen Inselidylle zurückgekehrt sind, geraten sie in einen neuen Albtraum, als eine junge Frau, die Isa ähnelt, grausam ermordet in Isas Wohnung aufgefunden wird. Sie sind gezwungen, ihr altes Leben hinter sich zu lassen und immer wieder umzuziehen. Doch jedes neue Zuhause wird von neuen Schrecken heimgesucht, sodass sie sich fragen, ob sie sich jemals wieder sicher fühlen werden. Diese Frage wird auf grauenerregende Weise beantwortet, als eine brutale Entführung stattfindet und jemand bei der Eskalation des Terrors geopfert wird. Werden Isa und diejenigen, die sie liebt, überleben oder wird Sam die Liebe seines Lebens ein für alle Mal verlieren?

* * *

„Hey." Cal küsste sie auf die Wange, zog seine Jacke aus und setzte sich auf den Stuhl gegenüber von Isa. Sie lächelte ihn an, aber ihr Gesicht war blass und erschöpft. Es war ein Albtraum gewesen, seit sie das ermordete Mädchen in ihrer Wohnung gefunden hatten. Nach stundenlangen polizeilichen Befragungen wurden DNA-Proben genommen und sie mussten endlose Besprechungen über ihre zukünftige Security ertragen.

Der himmlische Inselurlaub, den sie mit Sam genossen hatte, schien eine Million Meilen weit weg zu sein. Seit das Mädchen gefunden worden war und Isa gesehen hatte, was ihr Stalker mit ihr vorhatte, konnte sie nicht schlafen und war nicht mehr sie selbst. Die Mordkommissare reagierten skeptisch auf ihre Behauptung, sie wisse nicht, wer sie töten wollte. Auf Sams Drängen hatte sie ihnen Karls Namen gegeben. Die aufgebrachte Mailbox-Nachricht, die sie von ihrem Ex-Freund erhalten hatte, nachdem die Polizei ihn befragt hatte, behielt sie für sich und löschte sie einfach. Sie machte Karl nicht dafür verantwortlich, dass er wütend war. Sie war auch wütend. Wer auch immer dieser Mistkerl war, er würde nicht gewinnen.

Aber der Kampf, optimistisch zu bleiben, war kräftezehrend. Er erschöpfte sie alle. Und dann waren da auch noch Casey Hamilton und die Tatsache, dass Isa überzeugt war, dass Sam mehr über sie wusste, als er zugab.

Isa lächelte jetzt seinen Bruder an und bemerkte zum ersten Mal, wie wenig er Sam ähnelte. Während Sams Gesichtszüge denen eines griechischen Gotts ähnelten, waren die von Cal weicher und geschmeidiger. Sein dunkelrotes Haar war ebenfalls gelockt, aber es war länger und wilder. Es passte zu seinem lässigeren Auftreten.

Er grinste bei ihrem Blick. „Hey, wenn du eine Affäre suchst, sollst du wissen, dass ich bereit bin."

Sie kicherte, weil sie wusste, dass er scherzte, und war dankbar für seinen Versuch, sie aufzuheitern.

„Jederzeit", sagte sie und beugte sich dann mit ernstem Gesicht vor. „Hör zu, ich muss dich etwas fragen und ich weiß, dass es völlig unangebracht ist, Sam dabei zu hintergehen, aber …"

„Was ist?" Cals Augen, die normalerweise so fröhlich waren, wurden misstrauisch.

Isa holte tief Luft. „Casey Hamilton."

Sie sah, wie sich seine Augen verdunkelten und er ihrem Blick auswich. Angst breitete sich in ihrem Bauch aus. „Cal? Bitte. Ich möchte nicht, dass du sein Vertrauen missbrauchst, aber ich muss wissen, warum sie uns nicht in Ruhe lässt."

Cal trank sein Bier aus. Sie hatte bewusst eine Bar ausgesucht, von der sie wusste, dass sie ihm gefiel. Zur Mittagszeit war es dort fast leer. Der Barkeeper polierte lautlos die Gläser und das Radio war leise im Hintergrund zu hören.

„Isa, du musst mit Sam reden."

Sie wollte in Tränen ausbrechen. „Also kennt er sie."

Cal zögerte, bevor er scharf und wütend nickte. „Aber bitte, Isa, hör ihn an. Ziehe keine voreiligen Schlüsse und treffe keine übereilten Entscheidungen. Er liebt dich, mein Gott, er liebt dich so sehr. Er steht jeden wachen Moment unter Strom und befürchtet, dass er dich an diesen Verrückten verlieren wird. Lass nicht zu, dass jemand wie Casey der Grund dafür ist, dass er dich verliert."

Isa rührte ihren schwarzen, zuckerfreien Kaffee um und sagte nichts. Cal griff nach ihrer Hand. „Isa, ich schwöre, es ist nicht so schlimm, wie du denkst. Aber aus Loyalität zu ihm kann ich dir nicht mehr als das sagen."

Sie seufzte. „Na gut." Sie rieb sich frustriert über das Gesicht. „Cal, ich weiß nur nicht, was mit mir passiert ist. Ich habe keinen Job, kein Zuhause und jemand will mich töten. Ist das eine Art Ausgleich des Universums – ich finde die Liebe meines Lebens, aber mein Glück hat seinen Preis?"

Cal wusste nicht, was er sagen sollte, und sie lächelte ihn sanft an. „Tut mir leid. Lass uns über etwas anderes reden. Ich habe gehört, dass du und mein Bruder zusammen in eine Wohnung ziehen wollt."

Cal grinste erleichtert über den Themenwechsel. „Das Penthouse ist mit fünf von uns etwas überfüllt. Und da du und Sam ständig im Schlafzimmer beschäftigt seid …"

„Cal!" Aber sie kicherte und wurde rot. Dann wurde ihr Grinsen verschlagen. „Nicht immer."

Sie lachten beide und entspannten sich. Cal bestellte bei dem Barkeeper noch ein Bier. „Wir dachten nur, wir könnten genauso gut etwas zusammen mieten und dir und Sam etwas Platz geben. Zoe zieht auch zu einer Freundin, oder?"

Isa nickte. So sehr sie ihre Familie auch liebte, sie freute sich auf Zeit zu zweit mit Sam. Trotz Cals Scherz hatten sie keinen Sex gehabt, seit sie alle in der Nacht, als das ermordete Mädchen gefunden worden war, in das Luxus-Penthouse der Levys gezogen waren.

Isa sah auf die Uhr. Wenn sie Sam jetzt allein erwischte, könnte sie das ändern. Etwas sagte ihr, sie sollte jeden letzten Moment mit ihm verbringen – falls der Mörder sie erwischte und sie keine Zeit mehr hatten. Cal beobachtete sie mit einem amüsierten Ausdruck in seinen Augen und sie errötete erneut.

„Ich gehe jetzt besser nach Hause", sagte sie betont beiläufig und Cal gluckste.

„Okay. Lass dich nicht aufhalten."

Er lachte immer noch und ihr Gesicht war feuerrot, als sie ihm zuwinkte und aus der Bar floh.

Sam beendete den Anruf bei dem Kunsthändler und zischte frustriert. Er hatte den ganzen Morgen versucht, Caseys Aufenthaltsort zu ermitteln, und war entschlossen, sie zu konfrontieren. Er hatte herumgefragt – ihre Behauptungen, Isa hätte ihre Arbeit plagiiert, wurden von den meisten Künstlern in Seattle nicht ernst genommen, denn sie kannten Caseys Persönlichkeit nur zu gut. Trotzdem hinterließ es einen faden Geschmack in seinem Mund. Er war sich sicher, dass Casey das tat, um Probleme zwischen ihm und Isa zu verursachen – nun, sie bekam, was sie wollte. Er würde Isa heute Abend alles erzählen und zugeben, dass er etwas vor ihr verheimlicht hatte. Er wollte wirklich nicht, dass dies auch noch drohend über ihm hing.

Eine Vision des toten Mädchens schoss ihm durch den Kopf, aber anstelle ihres Gesichts sah er Isa, die an diesen Stuhl gefesselt war, tot und abgeschlachtet. Er beugte sich vor, rieb sich die Augen und versuchte, die Bilder aus seinem Gehirn zu löschen. Er zuckte zusammen, als er eine Hand auf seiner

Schulter spürte, und seufzte, als ihre Lippen seine Wange berührten. Er hatte sie nicht hereinkommen hören.

„Hey, du." Isa ließ ihre Hände über seine Brust gleiten und kuschelte sich an seinen Nacken. Er griff nach ihr, zog sie auf seinen Schoß und eroberte ihren Mund mit seinem. Himmel, sie schmeckte so gut, nach Kaffee, aber immer noch nach Isa – süß, frisch und bezaubernd. Seine Hand fand den Weg unter ihr Shirt und seine Finger glitten über die weiche Haut ihres Bauches.

„Mein Gott, du bist wunderschön", murmelte er und hörte sie leise lachen. Sie fuhr mit den Fingern durch seine kurzen Locken.

„Bring mich ins Bett." Sie lächelte, als sie ihre Lippen auf seine presste.

Er zögerte nicht. Im Schlafzimmer zogen sie sich schnell aus, fielen auf das Bett und liebten sich verzweifelt. Sam nahm ihre Brustwarze in seinen Mund, als sie ihre Beine um ihn schlang, nach seinem Schwanz griff und ihn streichelte, bis er vor Lust stöhnte. Er wollte sie zuerst kosten und die Vorfreude verlängern, also bewegte er sich ihren Körper hinunter, wobei sein Mund hungrig jede ihrer Kurven erforschte – die vollen Brüste, die seidige Haut ihres Bauches und die Vertiefung ihres Nabels. Seine Zunge berührte den Rand und er hörte sie begierig nach Luft schnappen. Er drückte ihre Beine auseinander und dann war seine Zunge auf ihr und in ihr. Sie war so nass, dass ihre Erregung ihre Schamlippen rosarot färbte und die Knospe ihrer Klitoris erwartungsvoll in seinem Mund pulsierte. Er knabberte sanft mit den Zähnen daran und spürte, wie sie sich anspannte und schnell zum Orgasmus kam. Dann blickte er lächelnd auf. Ihr Körper bebte atemlos und voller

Hingabe. Er zog ihre Beine um seine Hüften, neckte sie mit der Spitze seines Schwanzes und spürte die Glätte ihres Geschlechts. Sie küsste ihn fiebrig und ihr Atem war ein schnelles Keuchen.

„Jetzt bin ich dran", sagte sie und bewegte sich seinen Körper hinunter. Verdammt, das Gefühl, als ihr süßer Mund über die Spitze seines Schafts glitt, war fast so gut wie das Gefühl, in ihr zu sein. Ihre Zunge leckte ihn verführerisch. Ihre Hände umfassten seine Hoden, massierten sie sanft und umschlossen seine Erektion, bis sie sich fast schmerzhaft verhärtete. Er fühlte, wie er kam, und pumpte dickes, cremiges Sperma in ihren Mund. Seine Finger packten ihre Haare, als er erschauderte, und dann griff er nach ihr, drückte sie fast brutal zurück in die Kissen und drang in sie ein.

„Oh ... mein ... Gott ..." Sie wölbte sich gegen ihn und nahm ihn so tief wie möglich in sich auf. Er drückte ihre Beine auseinander, bis sie stöhnte, und versuchte, so weit wie möglich in sie zu sinken. Sie war so verdammt großartig. Er liebte den Glanz ihrer schweißnassen Haut, die rosa Färbung ihrer Wangen und die Art, wie ihr dunkles Haar an ihrem Gesicht klebte, als sie zuckte und unter ihm zitterte. Er streckte die Hand aus, um ihre Klitoris zu reizen, während er sich immer stärker in sie rammte und sie mit der Hitze seiner Leidenschaft entzweien wollte. Sie stöhnte so wunderschön und lächelte ihn mit so leuchtenden, liebevollen Augen an, dass er sich keinen Moment länger zurückhalten konnte und erneut kam. Sie erreichte ebenfalls ihren Höhepunkt und beide schrien vor Lust und Liebe.

Er war immer noch hart, als sie sich von dem Orgasmus erholten, der ihre Körper erschüttert hatte, und drehte sie auf ihren Bauch. Er hörte ihr Lachen, als sie realisierte, was er wollte, und legte seinen Mund an ihr Ohr, während seine Hände ihre Pobacken auseinanderdrückten.

„Ja?"

„Verdammt, ja", keuchte sie, als er sanft in sie eindrang und die Reibung seines Schwanzes ihre empfindlichen Nerven reizte. Sie stöhnte und er ergriff ihre Hände mit seinen und verschränkte ihre Finger ineinander, als er sie fickte.

„Sag mir, was dir gefällt", murmelte er und drückte sein Gesicht gegen ihren Hals.

„Du ... du in mir ..." Isa konnte kaum sprechen, so benommen machte er sie. Sam lächelte und sein Atem stockte ebenfalls.

„Gefällt es dir, wenn ich dich in deinen perfekten Arsch ficke?"

„Himmel ... ja ... Oh, Sam!" Als sie kam, vibrierte ihr ganzer Körper vor Vergnügen und Sam lachte triumphierend. Er zog sich aus ihr heraus und warf sie auf ihren Rücken, um zu beobachten, wie ihre Brüste sich hoben und senkten, während sie nach Luft schnappte. *Herrlich.*

„Gefällt es dir, wenn ich auf deinem süßen Bauch komme?"

Er sah die Erregung in ihren Augen, als sie nickte, weil sie nicht sprechen konnte. Sie griff nach seinem Schwanz und ließ ihre Hände darüber gleiten. Vor Vergnügen zitternd kam er und sein Sperma spritzte auf ihre weiche Haut. Er brach auf ihr zusammen und sie schlang ihre Arme um seinen Hals und küsste ihn zärtlich, während er zu Atem kam.

„Ich liebe dich, schöner Mann." Ihre Stimme war eine Liebkosung und er stöhnte und vergrub sein Gesicht in ihrem

Nacken. Seine Hände glitten über ihren ganzen Körper und um ihren Rücken, um sie näher an sich zu ziehen.

Sam wünschte, sie könnten für immer so bleiben, nur sie beide, sicher in seinem Bett. Er seufzte und atmete ihren sauberen Geruch ein. Mit der Zungenspitze strich er über ihr Schlüsselbein und sah, wie sie ihn anlächelte und ihre Augen weich vor Liebe waren. Er bewegte sich, damit er seine Lippen auf ihre drücken konnte.

„So möchte ich jeden regnerischen Nachmittag in Seattle verbringen." Sie schob ihm die Haare hinter die Ohren und strich die Locken mit ihren Fingerspitzen glatt.

„Das will ich auch, meine Schöne." Er stützte sich auf seinen Ellbogen, um auf sie herabzusehen, und zog seinen Finger über ihre Wange. „Glaubst du, wir könnten daraus eine Karriere machen?"

Sie gab vor, darüber nachzudenken. „Nur wenn wir bereit sind, es zu filmen. Dann vielleicht."

Er lachte bei ihrem Grinsen. „Dann zeigen wir allen, wie es richtig geht."

„Darauf kannst du wetten." Sie warf einen Blick zu dem riesigen Fenster, das vom Boden bis zur Decke reichte. „Es schüttet."

Der Himmel hatte sich so sehr verdunkelt, dass es aussah, als wäre es schon Nacht. Er wirkte zornig und war bedeckt von lila-schwarzen Wolken. Sam beobachtete, wie der Regen gegen das Glas schlug, und sah auf sie hinab. Er wusste, dass sie an ihre Insel dachte, genauso wie er. Ihre Augen waren plötzlich traurig und er hasste es, die Angst, die Müdigkeit und die unbeantworteten Fragen darin zu sehen.

Er strich mit seiner flachen Hand über ihren Bauch. „Du kannst mit mir über alles reden, Isa. Alles."

Er war nicht auf ihre Frage vorbereitet, aber als sie sie stellte, wusste er, dass er insgeheim damit gerechnet hatte.

„Hast du mit Casey Hamilton geschlafen? Vor uns, meine ich." Ihre Worte kamen hastig heraus und sie wollte ihm nicht in die Augen schauen.

Sam spürte Qualen in sich aufsteigen, aber er holte tief Luft. „Ja."

Ein kleines Stöhnen entkam ihren Lippen und sein Herz brach. „Isa, es tut mir leid. Ich weiß nicht, warum ich dich angelogen habe. Ich schwöre dir, es ist das Einzige, worüber ich dich jemals belogen habe."

„Warum?"

Es war die einfachste Frage der Welt und doch … „Ich weiß es nicht. Wir haben die Beziehung nicht freundschaftlich beendet. Keiner von uns hat den anderen so behandelt, wie wir es hätten tun sollen. Schlimmer noch. Ich wollte nicht, dass *unsere* Beziehung dadurch beeinträchtigt wird."

Isa schüttelte den Kopf. Ihre Augen waren verwirrt. „Warum sollte es das? Wir hatten beide schon Beziehungen."

Sam atmete tief durch. „Casey ist Künstlerin. Ich wollte nicht, dass du denkst, ich hätte sie gefickt, ihr die Welt versprochen und dann eines Tages beschlossen, sie zu verlassen. Ich wollte nicht, dass du denkst, dass ich so bin."

„Sam, ich kenne dich. Das würde ich nie denken."

Er lächelte traurig. „Ich weiß. Ich habe einen dummen Fehler gemacht. Ich hätte ehrlich sein sollen."

„Ja". *Autsch.*

„Isa ..."

„Sam, es ist okay." Ihr Ton wurde weicher und sie berührte sein Gesicht. „Danke, dass du es mir jetzt erzählt hast. Es erklärt vieles. Zum Beispiel", sie fing an, aufrichtig zu lächeln, „warum sie so eine verdammte Schlampe ist. Ihr sind durch die Trennung jede Menge heißer Nachmittage mit dir entgangen und das ist keine Kleinigkeit." Sie sagte es, um ihn zum Lachen zu bringen und die Stimmung aufzulockern.

Sam grinste und war dankbar, dass sie die Nachrichten so gut aufgenommen hatte. Warum zum Teufel hatte er sich so sehr davor gefürchtet? Er neigte den Kopf und strich mit seinem Mund über ihre Lippen, während sie sich vor Vergnügen unter ihm wand. Er ließ seine Hand zwischen ihre Beine gleiten, suchte nach ihrer samtigen Wärme, schob zwei Finger in sie hinein und hörte sie nach Luft schnappen.

„Oh Gott, Sam, das fühlt sich so gut an."

In wenigen Augenblicken hatte er sie so nass und bereit für sich gemacht, dass es leicht für ihn war, seinen Schwanz in sie zu rammen und sie vor Vergnügen zum Schreien zu bringen, während sie alles andere vergaßen.

Seb winkte seinem Freund zu, als Cal mit seinem Skateboard auf ihn zu fuhr. „Hey, Alter."

Die beiden Männer plauderten den ganzen Weg zu der Wohnung, die sie sich ansehen wollten, und ignorierten den Regen, der auf die Gehsteige von Seattle prasselte.

In dem Wohnblock pfiff Seb durch die Zähne und sah sich

mit großen Augen um. Mit ihren hohen Decken und weitläufigen Räumen erinnerte die Wohnung an den Luxus der Levys – der weit außerhalb seines Budgets war. Cal beobachtete ihn grinsend.

„Ich weiß, was du denkst, aber hier ist mein Angebot. Ich kaufe sie und du mietest ein Zimmer bei mir – natürlich zum Vorzugspreis."

Sebs Augenbrauen schossen hoch. „Wow, Alter, das ist ein verdammt großzügiges Angebot, aber ..."

Cal lächelte. „Ich weiß, was du sagen willst, aber hör zu – du gehörst zur Familie."

Seb dachte nach und zuckte dann mit den Schultern. „Ich schätze, dagegen ist nichts einzuwenden."

Danach gingen sie zu einem Café, in dem Seb die Barista kannte. Zwei riesige Latte später lehnte sich Cal auf seinem Stuhl zurück und musterte den jungen Mann vor sich. Seb Marshall war ein beeindruckender Mann mit einem Körper, der durch intensive Trainingseinheiten gestählt war, einem ausgeprägten Sinn für Humor und einer überragenden Intelligenz, die für sein junges Alter ungewöhnlich war. Cal genoss seine Gesellschaft und sagte es ihm.

„Gleichfalls. Es war nett, die Familie zu erweitern, weißt du? Meine Schwester ist auch glücklich – abgesehen von dem Offensichtlichen. Wie auch immer ... es gibt nur noch dich und Sam, richtig?"

Cal nickte. „Meine Mutter ist vor ein paar Jahren gestorben und unser Vater ein paar Wochen danach."

„*Deine* Mutter?"

Cal lächelte. „Sam und ich sind Halbbrüder. Ich dachte, du wüsstest das."

Seb grinste. „Isa hat es mir wahrscheinlich erzählt, als ich nicht zugehört habe. Sie neigt dazu, weit auszuschweifen."

Cal lachte. „Das ist mir gar nicht aufgefallen."

Seb nahm einen Schluck von seinem Kaffee. „Ich habe nur gescherzt. Es ist großartig zu sehen, wie viel selbstsicherer sie wird. Ich meine, sie war immer ein bisschen schüchtern."

„Sie ist bezaubernd. Sam ist absolut besessen von ihr. Ich kann nicht sagen, dass ich es ihm zum Vorwurf mache."

Seb grinste Cal an, der reumütig mit den Schultern zuckte. „Tut mir leid, es ist die Wahrheit."

„Weiß Isa, dass du für sie schwärmst?" Sebs Augen wirkten amüsiert und Cal war erleichtert.

„Ich werde darüber hinwegkommen. Was ist mit dir – wie läuft es mit Louisa?"

Isa streckte ihre schmerzenden Glieder aus, rollte ihren nackten Körper zusammen und kuschelte sich in die weichen Kissen, während sie beobachtete, wie Sam sich anzog. Er sah sie im Spiegel an und grinste über ihre offensichtliche Bewunderung. „Es hilft mir nicht dabei, mich fertig zu machen, wenn du mich so ansiehst."

Sie kicherte und streckte ein Bein aus, um ihren Fuß um seinen Oberschenkel zu haken.

„Dann komm zurück ins Bett."

Er lächelte, packte ihren Fuß und fuhr mit seiner Hand über

ihre Wade zu der zarten Haut ihres inneren Oberschenkels. „Ich würde es gern tun, Liebling, aber ich muss mich mit dem Detective treffen und den Fall besprechen."

Sie setzte sich auf. „Ich sollte mitkommen." Aber er drückte sie sanft auf die Kissen zurück.

„Mir ist es lieber, wenn du hier in Sicherheit bist als im Freien. Selbst wenn ich dabei bin. Bitte", fügte er hinzu, als sie anfing zu protestieren. „Bitte, Isa. Ich weiß, dass du deswegen frustriert bist. Aber ich kann dein Leben nicht riskieren."

Er presste seine Lippen fest und warm auf ihre. Dann war er weg.

Isa legte sich wieder hin und seufzte. Im Zimmer war es einsam ohne ihn. Sie stand auf, zog ihren Bademantel an und ging hinaus in den großen Wohnbereich mit seinen riesigen Fenstern. In einer Ecke, wo das Licht hereinflutete, hatte Sam einen großen Tisch mit allen Kunstmaterialien von der Insel aufgestellt. Er wirkte im minimalistischen Dekor der Wohnung unpassend – aber Isa hatte ohnehin das Gefühl, dass *sie* unpassend war. Es war seltsam genug, aus einer winzigen Wohnung hierher zu kommen, aber als sie daran zurückdachte, wie sie mit nichts und niemandem von einem Bus aus D.C. zu dieser Opulenz gekommen war, war es unfassbar.

Sie lehnte ihren Kopf gegen das Glas und blickte auf die regennassen Straßen hinunter. Aus dieser Höhe sahen die Autos winzig aus und das Wasser ließ den Asphalt wie Glas wirken. Der dunkle Himmel draußen reflektierte ihr Spiegelbild. Der bunte Kimono, den Sam ihr geschenkt hatte, schmeichelte ihrer honigfarbenen Haut. *Ein Vogel im goldenen Käfig*, dachte sie. Sie verdrängte die Idee, ging duschen und genoss das heiße Wasser auf ihrem Körper. Sie war hundemüde, stellte sie fest, nicht von irgendetwas Körperlichem – *definitiv nicht*, dachte sie grinsend –, sondern von der Anstrengung, wie sehr sich ihr Leben in so kurzer Zeit verändert hatte.

Sie hörte, wie ihr Handy summte, als sie ihre Haare trocknete, und lief ins Schlafzimmer. Sie sah sich nach ihrer Handtasche um. Sie war sich sicher, sie auf dem Sessel gelassen zu haben, aber er war leer. Sie folgte dem Klingeln ins Wohnzimmer und blieb mit klopfendem Herzen stehen. Ihr Handy lag auf dem Couchtisch und daneben befand sich eine einzelne rote Rose. Sie ging langsam dorthin und überprüfte den Anrufernamen. Unbekannt. Isa fing an zu zittern, als sie ranging.

„Hallo, meine Schöne." *Er.*

Adrenalin schoss durch ihre Adern und sie rannte in die Küche und zog ein Messer aus dem Block. Wut und Angst erfüllten sie und sie knurrte ihren Peiniger an. Er lachte nur.

„Das ist nicht sehr freundlich. Fragst du dich, wo ich bin, Isabel? Vielleicht bin ich im Schrank. Oder ich stehe hinter dir. Du glaubst nicht, dass das Messer in mir landen würde, oder?"

Sie wirbelte keuchend herum und suchte nach ihm. Niemand, nirgendwo. Sie rannte zur Haustür und riss sie auf. Die Leiche von Antwan, ihrem Leibwächter, lag zusammengekrümmt in einer Blutlache.

Der Atem gefror in ihrer Lunge, ihre Beine gaben nach und sie sank zu Boden. „Oh, Antwan …" Sie kehrte zu dem Telefon in ihrer Hand zurück. „Du Mistkerl, du monströses Stück Scheiße …"

„Vorsicht, kleines Mädchen …"

„Fick dich, Drecksack. Komm nur her. Wir werden sehen, wer tot endet, du erbärmlicher Hurensohn!" Sie war jetzt unheimlich wütend.

„Ich werde dich aufschlitzen, Isabel!", brüllte er plötzlich in das Telefon und die Bosheit und Brutalität in seiner Stimme waren genug, um sie zum Schweigen zu bringen.

Sie hörte ihn schwer atmen und als er wieder sprach, war er ruhiger.

„Aber ich werde dich heute nicht töten, meine schöne Isabel. Ich wollte nur, dass du weißt, dass ich überall bin. Ich bin da, wenn er dich fickt und du seinen Namen schreist. Ich bin da, wenn du dich in seinen Armen sicher fühlst und wenn du schläfst. Ich bin da, wenn deine gesamte, erbärmlich kleine Familie um dich herum ist. Ich bin immer bei dir. Immer. Du bist nirgendwo sicher vor mir, Isa."

Ihr ganzer Körper war taub und jetzt war auch ihr Verstand gelähmt. Sie hörte der Stimme am anderen Ende der Leitung zu und versuchte, alles herauszufinden, was sie erkennen konnte. Eine Betonung, ein sonderbares Wort. Aber da war nichts.

„Wer bist du?"

Sein Lachen war intim und seltsam warm. „Die letzte Person, die dich lebend sieht, Isa. Die allerletzte."

DETECTIVE JOHN HALSEY SEUFZTE. ER WAR SEIT EINER STUNDE in einer Besprechung mit Sam Levy und sie kamen nicht weiter. Levy glaubte einfach nicht, dass sie keine Hinweise hatten. Gar keine. Er machte dem besorgten jüngeren Mann keine Vorwürfe – Isabel Flynn schwebte in ernster Gefahr, wenn die bisherigen Verbrechen des Mörders ein Maßstab waren.

„Es ist nur … wir haben alle möglichen Spuren verfolgt. Wir haben uns mit den leiblichen Eltern von Ms. Flynn in Verbindung gesetzt. Sie leben in Myanmar und haben das Land seit Jahren nicht mehr verlassen. Ich hatte beim Gespräch mit ihrem Vater den Eindruck, dass sie mit ihrer Tochter abgeschlossen haben – ja, es sind echte Arschlöcher." Er sah, wie Sams Gesicht sich entspannte, als er zustimmend nickte. „Also, nichts Verdächtiges bei Isas Familie. Was ist mit Ihrer? Es gibt nur Sie und Caleb, nicht wahr?"

Sam nickte. „Unser Vater ist vor einiger Zeit gestorben. Wir haben Cousins, aber ich kann mir nicht vorstellen, dass sie involviert sind. Die meisten von ihnen leben außerhalb des Bundesstaates."

Halsey nickte. „Wir überprüfen sie." Er zögerte und musterte das Gesicht des anderen Mannes. „Wie ist Ihr Verhältnis zu Caleb?"

„Großartig, warum?" Sam musterte Halseys Gesicht. Dann hob er die Augenbrauen, als er begriff, was der Detektiv ihn fragte. „Nein. Auf keinen Fall. Cal und ich, wir sind beste Freunde und Brüder, das waren wir schon immer. Die Tatsache, dass er eine andere Mutter hat, ist irrelevant – ich habe ihn immer als mein Blut betrachtet. Immer. Ich weiß, dass er Ihnen das Gleiche sagen wird."

Halsey überlegte. „Ich hatte den Eindruck, dass er ein wenig in Isabel verknallt ist."

Sam grinste und Halsey bemerkte, wie jede Erwähnung seiner

Freundin seine kantigen Gesichtszüge milderte. Sam zuckte mit den Schultern. „Kann ich es ihm zum Vorwurf machen? Es ist nichts. Sie sind gute Freunde. Sie sollten sie zusammen sehen. Schon allein der Gedanke, dass Cal..."

„Ich muss das fragen."

Sam nickte. „Also gut."

„Was ist mit Sebastian Marshall? Ich weiß, dass Isa ihn für ihren Bruder hält, aber die Wahrheit ist, dass sie überhaupt nicht miteinander verwandt sind. Vielleicht ist er durchgedreht, als sie mit Ihnen zusammenkam..."

Jemand klopfte laut an seine geschlossene Bürotür und wartete nicht darauf, dass Halsey antwortete, bevor er die Tür öffnete. Der Polizist warf Sam und seinem Vorgesetzten einen Blick zu. Sein Gesichtsausdruck war besorgt und dringlich.

„Boss, es gab gerade einen Anruf aus Mr. Levys Apartmentgebäude. Aus dem Penthouse. Es hat einen Mord gegeben."

Isa beantwortete die Fragen der Polizeibeamtin geduldig und mit ruhiger Stimme. Sie saß auf dem Sofa im Wohnzimmer und hatte sich von den Polizisten und Forensikern, die mit Antwans Leiche beschäftigt waren, abgewandt. Ihr Körper fühlte sich taub an, aber ihr Gehirn machte Überstunden und ging alles durch, was der Anrufer zu ihr gesagt hatte. Es war seltsam. In der Sekunde, als er sagte, sein Gesicht sei das letzte, das sie sehen würde, hatte sich bei ihr ein Schalter umgelegt.

„Warum glaubst du, dass ich dich nicht zuerst töten werde, Arschloch?", hatte sie in ihr Handy gezischt. „Glaubst du, ich bin eine hilflose kleine Frau, die deiner Gnade ausgeliefert ist?

Ich werde nicht so einfach zu töten sein. Wenn du mich anrührst, wirst du dafür büßen, Wichser."

Sein Atemzug war fast unhörbar ... fast. Es hatte eine neue Welle heißer Wut durch sie geschickt – und Zufriedenheit.

„Haben Sie das wirklich gesagt?" Die Polizistin, die sie befragte, sah beeindruckt aus und Isa lächelte.

„Er hatte es verdient", sagte sie leise und die Polizistin grinste.

Sie sah zur Tür hinüber, als Sam und Detective Halsey eintrafen. Sam ließ Isa nicht aus den Augen und als er endlich hereingelassen wurde, rannte er an ihre Seite und zog sie in seine Arme. Isa nickte der Polizistin zu, die lächelte und sich entfernte, um mit Halsey zu sprechen, der sie mit undeutbarem Gesichtsausdruck beobachtete. Sie konnte spüren, wie Sams großer Körper zitterte.

„Es tut mir so leid, dass ich nicht hier war. Es tut mir so leid ..."

Sie stoppte seine Entschuldigung mit ihren Lippen und küsste ihn zärtlich. „Ssh, es ist okay, mir geht es gut. Es ist Antwans Familie, die mir leidtut."

Sam vergrub sein Gesicht in ihren Haaren und atmete tief durch. Isa hielt ihn fester, aber sie traf Halseys Blick über Sams Schulter.

„Sie möchten mit mir sprechen, Detective."

Er nickte und sah Sam an. „Allein, bitte."

Isa befreite sich sanft aus Sams Armen. Er presste seine Lippen auf ihre Stirn, bevor er zuließ, dass sie Detective Halsey in einen anderen Raum führte.

Der Detective schloss die Tür hinter sich und Isa holte tief Luft, als er sich zu ihr umdrehte.

„Ms. Flynn, ich bin nicht gut mit Subtilität, also frage ich direkt – denken Sie, dass Mr. Levy zu einem Mord fähig ist?"

Sie stieß den Atem aus. Sie hatte die Frage schon eine Weile erwartet, aber es war dennoch ein Schock, sie so unverblümt zu hören. „Wenn Sie damit meinen, ob er derjenige ist, der mich bedroht, dann Nein. Das ist unmöglich."

„Er scheint sehr …" Der Detective suchte nach dem richtigen Wort. „… leidenschaftlich zu sein."

Isa unterdrückte ein Grinsen angesichts des Unbehagens des Mannes. „Ich versichere Ihnen, Detective, dass ich ebenso empfinde. Sam ist die Liebe meines Lebens. Zur Beantwortung Ihrer ursprünglichen Frage: Nein, er könnte keinen Mord begehen, außer wenn jemand, den er liebt, in Gefahr ist. In Notwehr, meine ich. Aber gilt das nicht für uns alle? Ist das nicht unser Grundrecht?"

Halsey seufzte. „Das ist es. Ich muss trotzdem fragen, besonders im Hinblick auf seine Vergangenheit und den Mord an seiner Mutter. Manchmal kann das Trauma eines so schrecklichen Erlebnisses in so jungen Jahren etwas auslösen … ahh …" Er brach ab und grinste schief. „Ich kann sehen, dass ich nicht zu Ihnen durchdringe."

Isa griff nach seinem Arm und tätschelte ihn. Sie fühlte sich seltsam ruhig. *Oder taub.* Sie verdrängte den Gedanken. „Ich verstehe, Detective. Aber ich sage Ihnen … Sams Vergangenheit sorgt nur dafür, dass er mich beschützen will. Er will mir nicht schaden. Er ist nicht der Mann, den Sie suchen."

Kopiere diesen Link in Deinen Computer, um weiterlesen.

* * *

Melde Dich an, um kostenlose Bücher zu erhalten

Möchtest Du gern Eifersucht und andere Liebesromane kostenlos lesen?
Tragen Sie sich für den Jessica F. Newsletter ein und erhalten Sie ein KOSTENLOSES Buch exklusiv für Abonnenten indem Du diesen Link in deinem Browser eingibst:

https://www.steamyromance.info/kostenlose-bücher-und-hörbücher

Eifersucht: Ein Milliardär Bad Boy Liebesroman

Neue Liebe entsteht, aber auch eine Eifersucht, die sie zu zerstören droht.
Ich habe meine winzige Heimatstadt und ihre Einschränkungen hinter mir gelassen. Dann erschien ein bekanntes Gesicht in der Bar, in der ich arbeite, und brachte mich wieder dorthin zurück, wo ich angefangen hatte …

https://www.steamyromance.info/kostenlose-bücher-und-hörbücher

Du erhältst ebenso KOSTENLOSE Romanzen-Hörbücher, wenn Du Dich anmeldest

©Copyright 2020 Jessica F. Verlag - Alle Rechte vorbehalten.
Das Werk, einschließlich aller seiner Teile, ist urheberrechtlich geschützt. Jede Verwertung ist ohne Zustimmung des Verlages und des Autors unzulässig. Dies gilt insbesondere für die elektronische oder sonstige Vervielfältigung. Alle Rechte vorbehalten.
Der Autor behält alle Rechte, die nicht an den Verlag übertragen wurden.

❦ Erstellt mit Vellum

www.ingramcontent.com/pod-product-compliance
Lightning Source LLC
LaVergne TN
LVHW011719060526
838200LV00051B/2950